AF284021

Für Joseph
Auch wenn wir dich nicht mehr sehen können,
du bist unser Freund.

Shugendo Dojo

Werke

zusammengetragen

von

Tino Sachse

Bibliografische Information der Deutschen Nationalbibliothek:
Die Deutsche Nationalbibliothek verzeichnet diese Publikation in der Deutschen Nationalbibliografie; detaillierte bibliografische Daten sind im Internet über http://dnb.dnb.de abrufbar.

Illustration: Tino Sachse

Herstellung und Verlag: BoD – Books on Demand, Norderstedt

ISBN: 9783752879216

Inhalt

Vorwort

Fast zehn Jahre ist es nun her, da wurde die Kampfkunstschule „SHUGENDO DOJO" gegründet. Das soll nicht heißen, dass vorher nichts war. Ganz im Gegenteil: Vorher war BKB. Nein, nicht Braunkohlenkombinat Bitterfeld, sondern der „Baasdorfer Karatebund." Das war Anfang der Achtziger. Da hatte man ein Buch von A. Pflüger, heimlich importiert aus dem Westen. War nicht schlecht, was man damals machte, im Saal, in der Baasdorfer Kneipe. Danach konnte man die Turnhalle in Plötz nutzen. Als, Allgemeine Sportgruppe (Kampfsport)" bei der BSG Traktor Baasdorf. `87 dann das erste Hayes-Buch und das erste Trainingslager. Nach der Wende dann die ersten Seminare bei Steffen G. Fröhlich, aber von Karate kam man nicht so richtig weg. Bis man die Karate-EM in Hannover besuchte. Mein Gott was waren das für Hahnenkämpfe. Bittere Enttäuschung. Jetzt war der Weg klar: Ninjutsu!

Dann ein traurig endendes Intermezzo mit einem eigenen Verein und am achten Januar 1994 endlich: SHUGENDO DOJO.

Aus diesen letzten sieben Jahren habe ich alles zusammengetragen, was von Schülern des SHUGENDO DOJO aufgeschrieben wurde.

Da sind nicht nur Geschichten von Trainingslagern, sondern auch ein Märchen, geschrieben anlässlich eines „Ninjafestivals", oder Berichte von gemeinsam Erlebtem, abseits des Trainings.

Ich wünsche viel Spaß beim Lesen. Und, schreibt mal was....

Tino Sachse, im Dezember 2003

Vorwort zur neuen Auflage

Die erste Auflage wurde anlässlich des zehn-jährigen Jubiläums des Shugendo Dojo herausge-geben. Nun sind wieder Jahre ins Land gegangen. Das Shugendo Dojo ist erwachsen geworden und wird bald 25 Jahre alt. Viele seiner Schüler leiten mittlerweile erfolgreich eigene Dojos.

Der Hauptsitz des Shugendo Dojo ist mitt-lerweile in Berlin, was aber die Mitglieder, ehe-malige wie aktuelle, nicht davon abhält, gemein-sam Spaß zu haben und voneinander zu lernen.

Wenn man die hier gesammelten Geschich-ten liest, muss man des Öfteren schmunzeln: Wie man früher so gedacht hat oder die Welt gesehen hat…. Ja, auch wir haben uns verändert.

Nun ist es so, dass das Leben nicht nur Son-nenseiten hat und einen manchmal auch daran erinnert, dass alles endlich ist.

Diese Auflage soll die Erinnerung an einen Freund lebendig halten, der nicht mehr da ist.

Viele sagen, das Leben ist ein Weg. Er be-ginnt mit dem ersten Schritt, wird vorsichtig an-gegangen, der Schritt wird sicherer, je weiter man geht, er windet sich über Berge und durch Täler und bringt einen zu immer neuen Aussichten. Manchmal kreuzen sich Wege oder andere zweigen ab. Man steht dann vor der Wahl, dem breitesten Weg zu folgen oder abzubiegen. Doch egal wie man sich entscheidet: man weiß nie, wohin es einen auf dem gewählten Weg verschlägt noch wo er endet und ob man das am Ende findet, was man sich erhofft hat.

Manche sagen auch: Das Leben, der Mensch ist wie ein Fluss.

Klar und rein sprudelt er aus seiner Quelle, sucht sich, kraftvoller werdend seinen Weg durch das Gebirge und reißt dabei in seiner jugendlichen Kraft Steine mit sich.

Erwachsen geworden bahnt er sich seinen Weg durch die Ebene. Manchmal verzweigt er sich manchmal trifft er auf ein Hindernis, manchmal ändert er auch sein Bett. Was ihm auch auf seinem Weg widerfährt, wie er sich auch verändert, er bleibt immer derselbe Fluss.

Am Ende seiner Reise, sie mag kürzer oder länger währen, mündet der Fluss ins Meer. Manchmal dauert es eine Weile, bis sich seine Wasser im Meer verlieren. Damit ist er aber nicht verschwunden, man kann ihn nur nicht mehr sehen, er ist in etwas Großem aufgegangen.

Das Meer ist die Erinnerung. So wie sich die Wasser eines Flusses mit dem Meer vermischen, so wird die Erinnerung mit der Zeit immer undeutlicher da sie sich mit anderen Erinnerungen vermischen muss. Aber genau wie das Meer wird sie nie verschwinden.

Jemand der die Jugend des Shugendo Dojo mitgeprägt hat, ist am Ende seines Weges angekommen. Der Fluss seines Lebens hat eine andere Richtung genommen, ist aber immer ein Mitglied der Familie, ein Freund geblieben.

Viele Geschichten in diesem Buch sind von Joseph geschrieben worden. Wenn du sie liest, wirst du wieder mit Joseph lachen können, wirst seine Stimme hören, wirst dich erinnern.

Joseph: Dein Meer ist unser Meer.
Wir denken an dich.

Köthen, im Mai 2018

Resümee über das 8. Trainingslager

Von Jörg Bäthe

Ich möchte an dieser Stelle meine persönlichen Eindrücke, Erlebnisse und Gefühle, welche mir während und nach diesem Trainingslager widerfuhren, niederschreiben.

Besonderen Wert lege ich auf den Umstand, dass es sich um meine ganz persönlichen Eindrücke handelt! Es sind nicht die Meinungen und Eindrücke Dritter.

So dann, lasst uns beginnen.

Um ein besseres Verständnis für die nachfolgenden Geschehnisse zu ermöglichen, möchte ich etwas weiter ausholen. Da die Vorbereitungen für das Trainingslager nicht hundertprozentig "TOP SECRET" waren, konnte man sich schon ein klein wenig darauf einstellen, dass es zumindest nicht normal ablaufen sollte.

Da dieses Bergwitztrainingslager das erste für mich war und durch Gespräche mit anderen das Gefühl bekam, an einer Kultveranstaltung, ähnlich dem alljährlichen Männertag, teilnehmen zu dürfen, bereitete ich mich auf meine Weise vor.

Um ausgeruht und locker in das Training einsteigen zu können, fuhr ich schon am 26. August an den Bergwitzsee. Ferner wollte ich mich ebenfalls über die Örtlichkeiten informieren. Die ersten positiven Überraschungen waren für mich die PREISE. Sei es die Zeltplatzgebühr, Sauberkeit der Toiletten oder die Bierpreise. Letzteres testete ich dann auch ausgiebig.

Natürlich fand ich auch den Standort von Duschen und Toiletten schnell heraus und vergaß es auch gleich wieder. Einmal suchte ich die Toiletten und fand mich am Strand wieder. Da stellte ich mir die Frage: "Waren Terroristen am Werke und sprengten das Idyll der Ruhe oder haben mich die Bierpreise überwältigt und mir die Orientierung geraubt? Egal! Ich hielt tapfer Ausschau nach dem wohl wichtigsten Örtchen, wenn einem die Schweißperlen auf Stirn stehen. Wer sagt´s, ich wurde fündig. So zog sich die Erholungsphase bis zum Freitag hin.

Freitag der 29. August 97 mittags: Anreise

Da lag ich noch so im seligen Schlummer, da fuhr ein dubioser Kleinbus mit noch dubiosen Motorgeräuschen auf den Zeltplatz. Was war das? Ein Stimmengewirr wie bei einer Völkerwanderung. Oder bildete sich mein verrauschtes Gehirn nur etwas ein? Egal! Auf jeden Fall erkannte ich eine Stimme. Andy? Ich schaute aus meiner Höhle. Tatsache, es war Andy, wir begrüßten uns gleich. Endlich ein bekanntes Gesicht. Leider konnte ich Andy aus Schwächegründen nicht beim Zeltaufbau helfen.

An dieser Stelle möchte ich mich bei Andy nochmals dafür entschuldigen. Ich schlich wieder in mein Domizil um mich in Morpheus Arme zu begeben (>griech. Gott des Schlafes).

Nachmittag - immer noch der 29. August 97

Wieder wurde ich von Stimmengewirr und Motorengeräuschen geweckt. Dieses Mal erkannte ich die Stimme sofort. Sylke und Axel trafen ein. Ach du lieber Gott, dachte ich mir, haben die beiden ihre Gaststätte in Baasdorf abgebaut, um sie hier wiederaufzubauen? Was zum Teufel wollen die beiden mit einem Anhänger? Etwa 3 Monate hier campen? Egal. Ich ging hin um "guten Tag" zu sagen und beim Aufbau des Zeltes zu helfen. Jetzt war ich sicherer auf den Beinen. Ich sah zwar eher aus wie der Tod auf Latschen, aber es ging. So begannen wie mit dem Aufbau des Zeltes in dessen Verlauf ich erfuhr, dass es sich nicht etwa um die Kneipe aus Baasdorf handle, sondern um einen Klappfix.

Trotz des neu erlangten Wissens, gestaltete sich der Aufbau des Palais nicht einfacher. Es wollten tausende Stangen, kilometerlange Seile und zentnerweise Heringe, nicht zu vergessen die unendlichen Quadratkilometer Zeltplane miteinander verknotet werden, zumindest kam es mir so vor. Jede Frage, nach dem richtigen Ort für die Stangen und Seile wurde mir mit der Antwort: "Gute Frage nächste Frage" konkret beantwortet. Was soll's, ran ans Werk. Es wurde hier gehämmert und dort zerstört, aber es gelang uns mit Elan und Optimismus auch dieses Problem zu lösen und diesen Großraumbahnhof zu errichten.

Als wir am Ziel unserer Bemühungen waren, überkam mich die Überzeugung einen perfekten Bauingenieur in meinem nächsten Leben abgeben zu können. Ich glaube gegen unsere Bemühungen diese Werkhalle zu errichten, war der Bau der Pyramiden ein Kinderspiel.

In der Zwischenzeit trafen all die anderen Teilnehmer ein. Die Freude war groß, endlich mal wieder langnichtmehrgesehene Gesichter zu erblicken.

Es kam auch gleich zu längeren Gesprächen über den Sinn des Lebens, was die Gesundheit und Arbeit so macht, wann man das letzte Mal abgestürzt ist und welche Frau oder welcher Mann das Letzte Mal abgeschleppt wurde.

Allerdings hatten die Gespräche einen gemeinsamen Nenner, die große Freude und Neugier auf das was uns wohl in den nächsten Tagen und Nächten erwarten würde.

Es wurde dunkel und ein paar Bierchen später begann das Nachttraining. Dazu kann ich allerdings nichts sagen, da ich verschlief und meine Abwesenheit wohl niemandem auffiel. Oder steckt da gar eine Verschwörung dahinter?

Wie meine Recherchen ergaben, ist die ganze Truppe ungefähr 30 Minuten vor meinem Erwachen abgezogen. Na ja, ich wusste nun nicht, wo sich die Leute aufhielten. Die Zeltplatzsheriffs konnten mir ebenfalls nichts Genaues sagen und der Zeltplatzwart war betrunken, also auch hier Fehlanzeige. TOLL! Was nun? Zurück zum Zelt noch mal Augen zu und warten.

Nach ca. 2 Stunden waren die ersten zurück. Als ich mich zeigte, war die Verwunderung über meine Anwesenheit groß. Als ich allerdings den Sachverhalt schilderte, gab es großes Gelächter. Na ja, wieder einmal einen Fettnapf erwischt. Pö a Pö trafen alle nacheinander ein. Jeder erzählte seine Erlebnisse. Das war für mich das Zeichen, das der kulturelle Teil des Abends begann. Die Marinekameradschaft gab einen Witz nach dem anderen zum Besten. Die Trainingstruppe setzte meistens noch einen obendrauf. Der Humor war schwarz, extrem, bizarr und "frauenfeindlich." Also, gut.

Ebenfalls wurden reichlich dem Geist inspirierende Getränke konsumiert. Ferner wurden Welt bewegende Fragen erörtert, die niemand braucht. Kurz und gut, ein runder Freitag fand seinen würdigen Abschluss so gegen 04.06 Uhr. An dieser Stelle noch ein riesiges Kompliment an Stoni und Linde für die geniale Bombe. Weiter so!

Samstag der 30. August 97

So, dieser Tag begann am Morgen. Logisch. Leider kann ich nichts vom Frühstück berichten, ich habe wieder einmal verschlafen. Langsam frag ich mich ob die Schlafkrankheit bei mir zugeschlagen hat. Oder doch das Bier? Auf jeden Fall richtete ich mir umgehend einen Weckservice ein. Andy übernahm diese bedeutungsvolle Aufgabe. Damit aber nicht genug der Peinlichkeiten. Sylke hat für mich auch noch eine Zeche vom Vorabend beglichen. Natürlich bekam sie das Geld gleich zurück. An dieser Stelle möchte ich mich dafür nochmals bedanken.

Nun aber zu den Dingen, welche ich hundertprozentig realisiert habe. Das Training begann mit Rollen und Fallen und den ganzen anderen lustigen Dingen. Bei einigen fiel während der Übungen die Farbe aus dem Gesicht. Ich wartete darauf das irgendjemand sich noch in seinen Frühstücksbrötchen wälzt, aber den Gefallen tat mir keiner. Ja ja - abends saufen, als wenn es bald verboten wird und am anderen Morgen sich als Leiche verkleiden und sterben wollen.

Alles Weicheier!! Weiter ging es im 3/4 Takt. Heute war die????????? angesagt. Nach meiner Meinung haben sich alle sehr bemüht und geschwitzt. Jeder wirbelte und gab sein Bestes. Niemand machte, trotz der Hitze, schwach. GLÜCKWUNSCH!!! Man spürte, dass jeder so viel wie möglich aus diesem ersten Trainingsabschnitt mitnehmen wollte.

Dann kam die Mittagspause. Es hatte den Anschein, dass der größte Teil der Truppe mit dem Essen zufrieden war. Mir ging's genauso, also Kompliment an die Küche. Zumal es wohl das letzte Essen war, welches für uns Schwarzkittel in dem Bergwitzer Trainingslager zubereitet wurde. Nach dem Essen war Ruhe angesagt. Das tat auch Not. In dieser Pause wurde aktiv und intensiv über das nicht vorhandene Gehirnvolumen von "Blondinen" diskutiert. Ja, Ja wir sind weltoffen und kümmern uns auch um Randgruppen. Pause zu Ende.

Weiterging es mit dem Training., Es war Go Ton Po angesagt. Als wir die Höhe XY erreichten, saßen da doch ein paar Teens mit Kaffee und Kuchen, toll organisiert dachten wir, jetzt gibt's noch Kuchen. Aber nichts da. Diese Einlage galt nicht uns. Schade!

Am Sammelpunkt angekommen, wurden die zu erfüllenden Aufgaben genannt und das Spiel eröffnet. Im Grunde sollten wir Detlef und Dirk, die sich irgendwo im Wald versteckt hatten, ein oder beide Bokken abjagen. Ein Bokken bringt 10 Punkte. Schön, bloß wer ist so Lebensmüde und prügelt sich freiwillig mit Detlef oder Dirk, nur um so ein Bokken zu klauen. Die zweite Möglichkeit besteht darin, den anderen Jägern den Gürtel abzujagen. Ein Gürtel ein Punkt. Los geht's.

Alle rannten in den Wald und die Prügelei begann. Unser aller Gerri war der Flinkste, gleich am Anfang machte er unsere Ninja Kampfkunst nieder und hatte den ersten Gürtel, einen weißen. Egal. Ein Krieger unterscheidet halt nicht bei seinen Feinden.

Ich wurde auch nicht mit Verfolgern verschont. Da suchte ich nun Detlef und Dirk, um mich als David mit Goliath anzulegen. Leider versaute Christian mir meinen Plan. So musste ich ihn erst mal abschütteln. Das gelang mir auch.

Wie sollte es anders sein ich hatte mich dabei verlaufen, d.h. kein Bokken und auch kein Gürtel. Bald erschallte auch das Abschluss Signal. Nun ging es daran den Sieger zu küren. Es war Gerri, er erkämpfte sich 3 weiße und 3 rote Gürtel. Was für ein Held!! Glückwunsch. Was geschah noch so? Dirk wurde gar nicht erst gefunden. Wer weiß unter welchem Ameisenhaufen er sich versteckt hatte.

Detlef war etwas gnädiger. Er saß auf einem Baum. Suchte er Artgenossen? Wollte er den Vögeln näher sein? Das weiß nur Detlef. Auf jeden Fall verarschte er erst einmal ein paar Leute, bevor er das Bokken herausgab. Weiterhin gab es noch die üblichen Schlachten. Nein nicht um meine Unterwäsche. Einfach so. Mal ein paar auf die Glocke gehauen, da fällt schneller der Dreck aus en Ohren. Auf jeden Fall war das ne´ geile Sache. Leider etwas zu kurz.

Danach wurden noch die verschiedenen Methoden, mittels Seil auf einen Baum zu gelangen, erläutert. Da hat Andy in seiner Feuerwehrtrickkiste gewühlt und etwas gefunden. Das war echt gut. Super Andy!

Jetzt ging es zurück. Einige sahen aus, als hätten sie Okinawa erobert. Ich bin stolz auf euch. Zurück im Camp standen noch zwei Ereignisse an, etwas für die Erotikfans und natürlich für die Gourmets unter uns.

Das Ergebnis des Nachttrainings ergab 3 Sieger "Dorothee, Ilka und Andy." Jetzt sollte in einem Wettstreit der Sieger und Gewinner des Wanderpokals ermittelt werden. Da hatten wir wieder das Problem, was tun? Marathonlauf? Kirschkernweitspucken oder Popelweitschnipsen? Nein! Wir fanden das ultimative Spiel.

Zuerst wollten wir Schlammringen veranstalten. Das wäre aber unfair, weil die Mädels mit Sicherheit gemeinsam gegen Andy akquiriert hätten. Daraufhin hat Andy freiwillig auf den Sieg verzichtet. Also, doch Schlammringen?

Wir einigten uns darauf, dass die Mädels - leicht bekleidet, wir wollten ja auch etwas davon haben, mit einem Gürtel um ihre Taille weiter auf den See hinausschwimmen und in einem fairen Kampf der Gegnerin den Gürtel abnehmen. Unter einem "fairen" Kampf verstanden wir, dass die Mädels am Ende nackt ans Ufer kommen. Aber was war das! Versager, die Beiden! Aber alles nacheinander.

Die Freunde von der Marinekameradschaft und wir postierten uns am Wasser. Ich kam mir vor, wie im Kolosseum zu den Gladiatorenspielen. Da kamen auch schon unsere Gladiatoren. Sie wurden mit Applaus und den besten Überlebenswünschen empfangen. Axel erläuterte noch einmal die Regeln: "Alles kann, nichts muss" Sie flehten noch einmal um Gnade, aber dies wurde nicht gewehrt. Wäre ja noch schöner, uns um unseren Spaß und nackten Busen zubringen. Nichts da! Der Startschuss fiel und die Delinquenten stürzten sich in die tobenden Fluten, auf Gedeih und Verderb, auf Leben und Tod. Kaum eingetaucht in die Fluten begann das Gefecht. Die beiden Gladiatoren schenkten sich nichts. Die Stimmung am Strand erreichte ihren Siedepunkt. Die Fans der jeweiligen Partei lieferten sich ohrenbetäubende Schlachtgesänge. Die Jungs von der Marinekameradschaft, in ihrer seligen Bierlaune unterstützten ebenfalls ihre Partei. Obgleich ich den Eindruck hatte, dass sie nicht mehr so recht erkannten was überhaupt abgeht.

Nach einem kurzen Untertauchen der beiden Hauptakteure, tauchte Dorothee mit dem Gürtel von Ilka auf. Ilka hatte den Gürtel von

Dorothee. Was nun? Münze werfen, Stöckchen ziehen? Der "Rat der Weisen" wurde einberufen. Er beschloss beide als Sieger zu küren. Dies war eine weise Entscheidung, einen herzlichen Glückwunsch.

Kaum war dieses weltbewegende Spektakel beendet, stand auch schon die Vorbereitung für die Fressorgie an. Es mussten Bänke, Tisch und der Grill sowie Getränke und Würstchen zum Grillplatz gebracht werden. Dies klappte recht gut.

Dass der Abend gut wird, hatte ich im Gefühl. Warum? Nun, der Zeltplatzwart war schon wieder breit. Dies war ein gutes Omen. Der Grill war auch bald heiß und der Würstchenduft zog über das gesamte Gelände. An dieser Stelle möchte ich Dirk mein Kompliment aussprechen. Du hast die Sache super im Griff So wie ich die Sache mitbekam, hat sich wohl jeder ordentlich den Bauch vollgeschlagen. Zumindest wollte keiner seinen Nachbarn aus Fresssucht schlachten. Allerdings hab´ ich nicht verstanden, warum 22.00 Uhr die Sache beendet werden sollte. Nachtruhe, Lärmbelästigung? Am Wasser waren wir doch abgelegen. Egal, ich muss nicht alles verstehen.

Also weiter im Text. Das Aufräumen gefiel mir überhaupt nicht. Nur wenige haben mit angefasst, hätte jeder der mit am See war etwas mit hochgenommen, wäre alles mit einmal erledigt gewesen. So aber mussten einige wenige mehrmals laufen. Dies muss nicht sein! Ich wünsche mir für die nächste Grillparty mehr Engagement beim Aufräumen.

Auch dieser Abend wurde wieder für den kulturellen Meinungsaustausch genutzt. Ja, was man da wieder über unwichtige Dinge gelernt hat. Wahnsinn!

Der Kneiper ist durch uns jetzt Millionär. Und wir? Wo früher eine Leber war, steht heute eine Minibar. Allerdings versuchte jeder den anderen an Abenteuer und Erlebnisse zu übertrumpfen. So fanden sich auch bald die Zeltplatzsheriffs ein, um ihren Senf dazu zugeben. Sie waren sichtlich enttäuscht, dass niemand von ihnen Kenntnis nahm. Sie hätten näher herankommen sollen und nicht fünfzig Meter entfernt stehen bleiben. Ich denke mal wir waren ihnen nicht geheuer. Aber das ist nicht unser Problem.

Wir tun ja fast niemanden etwas. Es sei denn, eine ordnende Hand muss hart durchgreifen. So geschehen in dieser Nacht. Einer von den "Wänsten" wollte keine Ruhe halten. Darauf klatschte es kräftig und die Benebelten konnten Ruhe finden. Das ist Erziehung wie man sie sich wünscht. Bald war auch die Nacht vorbei und es ging auf zum letzten Training. Auch gaben sie ihr Bestes. Es wurde gefochten bis aufs Blut.

Nach einer kurzen Pause ging es dann, zum Gaudi aller Zuschauer, in das kühle Nass um auch dort ein wenig zu trainieren. Sehr lange hielt es dort keiner aus. Allerdings hatte ich das Gefühl das einige ertrinken wollten. Wasser hat jeder geschluckt, mit Kraut oder ohne, alles war dabei. Zum Glück wurde niemand von einem Segelboot versenkt. Allerdings hat auch kein wilder Schwarzkittel ein Ruderboot oder Segelboot gekapert oder versenkt. Es gab keine Meutereien, keine Piraten oder Toten. Gut!

Nach dem alle Mann den Tümpel des Grauens verlassen hatten, war erst mal Massenstrip angesagt. Wieder ein Gaudi für die Zuschauer. Dutzende nackte "Ärsche" und keiner bezahlte Eintritt, in Versäumnis, welches beim nächsten Trainingslager unbedingt ausgemerzt werden muss. Sonst kassiere ich!

Nun ging es zum letzten Mal Mittagessen. Auch hier schloss sich die obligatorische Ruhestunde an. Nach dieser Ruhestunde erfolgte der Höhepunkt des Trainingslagers, oder besser ein weiterer.

Die Prüfung war wieder so ein Ding, erst traute sich keiner und dann waren es doch 12 Prüflinge. Schön!

Es fanden sich außer uns, noch die Marine-kameradschaft und Dutzende andere Zuschauer ein. Ich denke mal das einige Prüflinge Lampenfieber bekamen.

Auf jeden Fall wurde mit der Prüfung zum 10. Kyu begonnen, anfangs waren die Jungs noch ein bisschen nervös. Dies legte sich aber bald und erbrachte ein ordentliches Ergebnis. Weiter ging's mit den höheren Graduierungen.

Hier schenkten sich die Damen und Herren wirklich nichts. Es wurde ordentlich durchgezogen, dabei gab es reichlich Schmerzen und blaue Flecke. Nicht zuletzt dadurch, dass der Schrecken aller, der Terminator, der Gnadenlose, der Killer jeglicher Potenz auf der Bühne erschien. Henry der Schreckliche! Henry sollte und wollte seinen 2. Dan ablegen. Dementsprechend wirbelte und erklärt er die Techniken, wies auf Fehler und Mängel hin und demonstrierte die besten Techniken.

Für mich war es sehr interessant was den theoretischen Teil anbelangt sowie beeindruckend, teilweise gespenstisch, was den praktischen Teil anbelangt. Die Delinquenten, welche Henry geopfert wurden, hatten mein aufrichtiges Mitgefühl. Einen schickte Henry vorzeitig aus dem Rennen. Ein zweiter war kurz davor.

Nach der Prüfung wurde das Ergebnis jedes Prüflings verlesen. Alle hatten bestanden. Herzlichen Glückwunsch.

Ich möchte ein paar Worte zu Henrys Prüfung verlieren:

Ihn kenne ich nun schon länger und weiß um seinen Trainingsfleiß. Jeder der seine Prüfung gesehen hat wird mir zustimmen, dass es eine Augenweide war. Trainingsfleiß und Zähigkeit zahlt sich irgendwann aus.

Henry, nochmals herzlichen Glückwunsch.

Nun war auch dieser letzte Höhepunkt des achten Trainingslagers vom SHUGENDO DOJO Köthen/Bitterfeld am Bergwitzsee beendet. Nun ging es ans Packen und Aufräumen. Sicherlich hatten es einige eilig nach Hause zu kommen. Dass es uns schwer fiel Abschied zunehmen, spürte man dennoch. Mir ging es nicht anders.

Wir setzten uns nach dem Packen nochmals zu einem Abschlussgespräch zusammen.

Nun was soll ich noch sagen, es war mal wieder ein Jahreshöhepunkt der allen Teilnehmern gefiel und noch mehr gegeben hat.

Ich selbst habe mich gefreut altbekannte und lang vermisste Gesichter wieder gesehen zu haben. Es gab sehr gute Diskussionen und Gespräche. Ob ihr es glaubt oder nicht, ich freue mich schon auf unser nächstes Trainingslager.

Zum Schluss möchte ich noch meinen Dank an die Organisatoren richten. Es war absolut toll!!! Ich hoffe das nächste Mal wird es mindestens genauso, wenn nicht besser.

15. Ninja–Festival ´98 auf Burg Rabenstein

Von Axel Franke

Ich war der Ausrichter des 15. Ninja – Festival '98. Nun, das ist wohl nicht ganz richtig, denn ohne die Hilfe meiner Schüler, meiner zukünftigen Frau und vor Allem meinem Freund Stoni (Tino Sachse) wäre das unmöglich zu schaffen gewesen. Es war ein gemeinsames Unternehmen der Kampfkunstschule "BUJINKAN SHUGENDO DOJO" Köthen (Axel Franke Shidoshi) und der I.N.A.G. (Steffen G. Fröhlich Shihan).

Zunächst überlegten wir, wo es stattfinden sollte. Auf einem Campingplatz oder in einer Jugendherberge? Stoni hatte, wie immer, die beste Idee und sagte: "lasst uns doch mal eine Woche wie die alten Ritter leben." Er kannte die Burg Rabenstein und wusste, dass das jetzt eine Jugendherberge ist. Nach Absprache mit Steffen und Sabine Fröhlich (I.N.A.G.) reservierte ich gleich erst mal die ganze Burg (78 Betten). Die Ausschreibungen wurden erstellt und verschickt, die Gegend um die Burg wurde von Stoni und mir aufs genaueste studiert und wir schrieben erst einmal alle Ideen auf, die uns so in den Kopf kamen.

So entstand auch die Erwin Sage", welche Stoni verfasste. Diese Sage war die Basis für ein Spiel, welches über die ganze Woche, parallel zum Training lief. So mussten sich die Teilnehmer in verschiedenen Disziplinen messen, wie: Sumoringen Balkenweitwurf, Rückwärtsweitsprung, Streichholzweitwurf, Baumstammschnellrollen. Dann sollte jeder eine Waffe bauen, erläutern und wenn möglich vorführen. Drei knifflige Rätsel mussten gelöst werden und am schönsten war der Wettbewerb im Minnegesang. Dieser Minnegesang war, auch wenn die meisten die selbst gedichteten Sachen ohne zu singen vortrugen, so witzig, dass bei allen die Tränen in den

Augen standen und das Lachen schon schrecklich schmerzte.

Aus diesen Spielen gingen zwei Sieger hervor, Henry Schild und Markus Leipersberger, welche dann Heerführer wurden. Diese waren nun die neuen Königsanwärter. Es wurden die Heere zusammengestellt um sich auf das Finale, die Nachtübung, vorzubereiten. Es musste, laut Sage, das "magische Zauberding" gefunden und zu einer bestimmten Zeit den 3 Weisen übergeben werden. Nach einem erbitterten Kampf brachte Henry das "Zauberding" und wurde der neue König. Die Krönung von König Henry I. von Rabenstein fand dann zum Ritterfest statt.

Das Training war natürlich auch sehr interessant. Da Steffen verletzt war, übernahm Sabine, seine Frau, und ich das körperliche Training. Steffen unterstützte uns verbal und führte die Meditation. Am Ende des letzten Trainings fanden Prüfungen statt. Glückwunsch nochmals an alle, die bestanden haben. Besonderen Glückwunsch an Marko Hintze für die bestandene Prüfung zum SHODAN. Dank und Anerkennung auch an Stoni (Tino Sachse). Er hat für die jahrelange Unterstützung des "SHUGENDO DOJO", die Ausrichtung zahlreicher Trainingslager und auch dieses Festivals den EHREN-SHODAN erhalten. Ohne ihn wäre ich wahrscheinlich nie zum BUJINKAN gekommen.

Nachdem jeden Abend auf dem Burghof fleißig feiern trainiert wurde, schwappte die Stimmung am Freitag beim Ritterfest total über. Danke an die "Spielleute Dudeldey" und an die beiden Ulknudeln "Elma und Selma." Auch die Krönung des Königs, welcher mit Speiseöl gesalbt wurde, war etwas ganz Besonderes. Eine unvergessliche Woche – Dank BUJINKAN

GLÜCKSPILZ

Von Matthias Gross

Fast anderthalb Jahre trainiere ich Ninjutsu. Ich glaube, es ist Zeit, einige Eindrücke niederzuschreiben. Fünf Tage, nachdem das 15. Ninja-Festival auf der Burg Rabenstein vorüber ist.

Die Freundschaft zwischen den BUJINKAN-Mitgliedern und auch unter den Freunden im "SHUGENDO DOJO" ist fester denn je und für eine Woche strahlte das Licht des Glücks. Egoismus, Neid und andere schlechte Eigenschaften machten irgendwie die Runde. Ein Zeichen dafür, dass ich und auch andere (die in Ehrlichkeit zu sich selbst, dies einschätzen können) noch weit davon entfernt sind, "gute Menschen" zu werden.

Der Feuerlauf fiel leider aus. Es wurde gesagt, man sollte einen Zettel, worauf schlechte Eigenschaften notiert sind, in das Feuer werfen, damit dieses dieselben vernichtet. 100 Tapetenrollen hätten bei mir sicherlich nicht gereicht.

Sabine schrieb in mein Mitgliedsbuch: "Lass die Sonne in Dein Herz. "

Ich glaube, genau diese "Sonne" ist das wichtigste im BUJINKAN und im Leben überhaupt. Sonne ist Glück und Ehrlichkeit und sie gibt uns das richtige Gefühl um die Techniken und den tiefen Sinn des BUJINKAN zu verstehen.

Viele Gedanken kreisen in meinem Kopf und ich frage mich, gibt es in diesem Universum etwas göttliches oder eine andere Dimension? Haben die Götter den Weg für Matthias Gross bestimmt? Seltsam! "Matthias weiß, dass er nichts weiß. "In meinem Inneren herrscht Ruhe und doch Unruhe. Ich fühle das Glück und bin doch so weit davon entfernt, obwohl es zum Greifen nah ist. Wie leer wäre doch mein Leben ohne BUJINKAN. Aber langsam, ganz langsam beginnt mein Hirn oder besser mein Herz zu verstehen. DANKE - an alle, die mit mir trainieren - an die Menschen, die die Geduld haben, an mich zu glauben auf meinem Weg. An Soke - an alle Krieger der neun Schulen, die im harten Kampf über Jahrhunderte dieses Wissen zusammengetragen und es mit ihrem Leben verteidigt haben, ohne vielleicht einen Teil des Glücks, wovon ich jetzt habe, zu ernten. DANKE den Göttern, die mich auf diesem Weg begleiten!

Wenn ich auf dieser Welt einen Wunsch frei hätte, dann würde ich mir keinen Sechser im Lotto, kein großes Auto und auch keine Frau mit dicken Brüsten wünschen. Ich möchte gern, dass das Glück alle gutgesinnten Menschen auf dem Planeten Erde erreicht, dass das Licht des BUJINKAN noch weitere Tausende von Jahren so rein erstrahlt. Öffnet Augen, Ohren und Mund. Wischt den Schleier der Habgier, der Dummheit, des Egoismus, des Neids und der Unehrlichkeit weg! Seht die Blumen und die Bäume wachsen. Hört den Gesang der Vögel und das Rauschen des Windes. Redet mit euren Mitmenschen, um sie besser zu verstehen. "LASST DIE SONNE IN EUER HERZ

SHIKIN HARAMITSU DAIKOMYO

Die Erwin – Sage

Von Tino Sachse

1

Vor Zeiten, als die Welt noch jung, frisch und in Ordnung war, da gab es drei weise Zauberer: Pindripin, Pindripan und Bindeglied. Sie lebten jahrhundertelang im fernen Lande Fläming, freuten sich ihres Lebens und taten nur Gutes. Eines Tages, als schon alles gut war, saßen sie bei einem Becher Met und langweilten sich schrecklich. Da sagte Pindripin zu seinen Kollegen: "Seit wir alles Gute fertig haben, ist's hier stinklang-weilig, wir müssten uns mal was richtig Span-nendes ausdenken." Pindripan und Bindeglied fanden diese Idee auch sehr gut und alle drei Zauberer versanken in ein tiefes Nachdenken. Und wenn diese Geschichte nur ein Märchen wäre, dann würde es jetzt mit den Worten "Und wenn sie nicht gestorben sind, usw." enden.

Denn weil sie alle Zeit der Welt hatten und alles wirklich gut und gründlich machten, dach-ten sie lange, sehr lange und sehr sorgfältig nach.

Nachdem nicht nur ihre Metbecher, son-dern auch das große Metfass ausgetrocknet wa-ren, Generationen von Spinnen ihre Bärte als Heimstatt genutzt hatten, da schüttelte Binde-glied den Staub der Jahrhunderte von seinen Schultern und sagte: "Ich hab's: Wir machen zur Abwechslung mal ein soziologisches Experiment. Und zwar hab' ich mir gedacht wir erschaffen ein Königreich. Rohmaterial haben wir genug, wir nehmen einfach Menschen dazu. Chef vom Gan-zen wird der schlaueste und stärkste Mensch. Damit der König keine Höhenflüge bekommt, kriegt er von uns so ein magisches Wunderding, von dem wir sagen: Nur dadurch bist du König und baust du Scheiße verschwindet das Teil, du reichst dein Essbesteck weiter und das Land ver-sinkt in Chaos und Anarchie. Oder so ähnlich."

2

So begab es sich, dass die drei weisen Zauberer in das Land hinaus zogen um den Besten der Menschen zu suchen. Sie veranstalteten Turniere um die Stärksten und Tapfersten zu ermitteln, diese ließen sie Waffen und Werkzeuge herstellen, um die Geschicktesten zu finden. Die Ausgewählten mussten die schwierigsten Rätsel lösen, um die Schlauesten auszuwählen. Zu guter Letzt wurde der beste Minnesänger gekürt, denn ein gutes Balzverhalten war den Zauberern sehr wichtig, weil das Experiment über eine längere Zeit andauern sollte und die Drei auch den königlichen Nachwuchs testen wollten. Vielleicht wurde ja eine Erbmonarchie daraus.

Aus den Unzähligen die auszogen König zu werden, taten sich zwei Recken besonders hervor, nämlich die Helden Erwin und Karl-Heinz. Diese wurden dazu auserkoren mit ihren Heerscharen auszuziehen um das magische Wunderding zu suchen. Derjenige der das Dingens zu einer bestimmten Zeit an einem bestimmten Ort brachte wurde König.

Zunächst sah es so aus als würde Karl-Heinz das Rennen machen, denn er war es der das magische Wunderding in den Tiefen der Fläminger Wälder fand. Allerdings hatte Erwin Späher auf seinen Gegenspieler angesetzt, die natürlich sofort Meldung machten. Also geschah was geschehen musste. Es kam zu der legendären Schlacht von Raben, bei der Erwin siegreich hervorging und das magische Wunderding rechtzeitig ablieferte.

3

Es lebe König Erwin, schrie das Volk zur Krönungsfeier die natürlich zünftig gefeiert wurde. "Nun bist du König bis ins Grab, es sei denn du versaubeutelst das Wunderding," sprach der weise Pindripan bedeutungs-schwanger, "Und du sollst nur Gutes tun. Und hältst du dich nicht dran dann geht dein Land den Bach runter, dein Wunderding verschwindet, dein Volk wird dich verfluchen und last but not least", Pindripan machte eine eindeutige Geste an seinem Hals. Damit verschwanden die drei Weisen.

4

Doch nun soll über König Erwin gesprochen werden. Das erste was er sich als neuer Staatschef leistete war eine überaus prächtige Burg, die er Rabenstein nannte. Sie wurde an just jenem Orte errichtet an dem er das magische Wunderding den drei Weisen brachte. Erwin war ein guter König, seine Untertanen liebten ihn und nannten die Zeit seiner Herrschaft das Goldene Zeitalter. Allerorts herrschte der Frohsinn, es gab Wein und Brot im Überfluss, nur die gebratenen Tauben flogen nicht herum, weil ja, bekanntermaßen, tote Tiere nicht fliegen können.

In seinen jungen Jahren lagen ihm die Jungfrauen zu Füßen.

Er freite um Rapunzel, weil er ihre langen Haare liebte. Ließ es aber bleiben als er sich, beim Versuch den Turm zu erklimmen, drei Rippen brach, weil ihr, als er auf halber Höhe war, das Haarteil abging.

Er wollte auch Dornröschen erlösen, musste aber wegen einer Rosenpollenallergie aufgeben.

Nur von Schneewittchen ließ er die Finger, weil sie nach drei Jahren bei den Sieben Zwergen, pädophil geworden war.

Als sich unser König nun sein jugendliches Hörnchen abgestoßen hatte, wollte er sich eine Königin nehmen. Um bei solch einer lebensverändernden Maßnahme keinen Fehler zu machen, fragte er bei den drei weisen Zauberern, Pindripin, Pindripan und Bindeglied, um Rat. Diese weissagten ihm, dass er drei rauschende Feste geben solle und dass er dabei die eine die für ihn in Frage kommen könnte auch treffen werde. Er würde schon sehen.

Gesagt, getan. Allerdings war anfangs nur der Schrott der Hautevolee zugegen. Der König wollte schon verzweifeln, da kam ganz zum Schluss noch die unbekannte Schöne. Die griff er sich auf abenteuerliche Weise.

Das Mädel wurde seine Frau und die Story als Aschenputtel weltberühmt.

5

König Erwin liebte seine Frau abgöttisch, (es war aber auch ein heißer Feger, Anm. d. Verf.) und sie lebten lange Jahre glücklich und zufrieden.

Der König widmete sich wieder seinen Amtsgeschäften.

Kurz nach den Flitterwochen ritt er in die Weite seines Reiches um die fähigsten Männer um sich zu scharen, die ihm als Berater zur Seite stehen sollten. Mit den 12 Besten gründete er den berühmten Runden Tisch der Burg Rabenstein. Allerdings musste der Runde Tisch oft ohne Erwin auskommen, da ihm die Sache mit Karl-Heinz nicht aus dem Kopf ging. Dieser war in der Schlacht von Raben zwar sein erbitterter Gegner, aber früher schließlich doch sein Freund. Also suchte Erwin den verschollenen Karl-Heinz auf der ganzen Welt, bis er ihn in einem fernen Lande fand.

Lange musste König Erwin reden, damit Karl-Heinz, als Erster unter seinen Getreuen, mit ihm auf seine Burg ritt. Nun erst war alles Glück beisammen. Zumindest für Erwin. Nur seine Frau war noch glücklicher, denn sie verliebte sich unsterblich in Karl-Heinz und fing an zu baggern. Obgleich zunächst erfolglos. Karl-Heinz vergrub sich in seine Arbeit, ja er floh regelrecht vor der Königin, weil er wusste, dass er sich ihren Tiefbaumaßnahmen nicht lange entziehen konnte.

6

Und doch kam es, wie es kommen musste, die beiden wurden ein Paar, als König Erwin wieder einmal auf Dienstreise war. Das Ganze ging auch eine geraume Weile gut, obwohl im ganzen Lande gemunkelt und getuschelt wurde und der ganze Hofstaat Bescheid wusste. Warum sollte es bei Königs auch anders sein als bei anderen Leuten? Na ja, auf jeden Fall kriegte König Erwin als Letzter Wind von der Sache. Vielleicht wollte er es auch nur nicht wahrhaben.

Jedenfalls begann er den beiden nachzuspionieren. Irgendwann sagte er, er müsse noch mal geschäftlich weg und schwang sich auf sein Ross. Allerdings ritt er nicht weit, dann hielt er an, wartete die Dunkelheit ab und schlich zurück. In der Burg angekommen, fand er Karl-Heinz und seine

Holde im Lotterbett vor. "Das ist alles nicht so wie du denkst Erwin," rief Karl-Heinz und zog die Hose hoch. Rasend vor Wut riss der König das magische Wunderding von der Kommode und schleuderte es auf die beiden. Die Dinge überschlugen sich: Tödlich getroffen sank die Königin in die Kissen, in einem gleißenden Lichtblitz löste sich das magische Wunderding in Luft auf, Karl-Heinz sprang wie von Furien gehetzt aus dem Fenster und verschwand auf Nimmerwiedersehen und Erwin sank besinnungslos zusammen.

7

"Scheiße," sagte Pindripin zu seinen Kollegen," diese blöde Rumpopperei versaut uns das ganze Spiel." "Genau, diesen menschlichen Quatsch habe ich gar nicht in meine Planungen einbezogen." Bindeglied kraulte nachdenklich seinen Bart. "Was machen wir denn jetzt? Sollen wir Erwin über die Klinge springen lassen, usw., oder warten wir ab was nun passiert?" Die Meinungen der drei weisen Zauberer gingen auseinander, aber letztlich einigten sie sich aufs Abwarten.

8

Und so kam es wie die drei Weisen gesagt hatten: Das Land verfiel, denn alle machten sich nur noch lustig über den gehörnten König. Und überhaupt, war das eigentlich noch ihr König ohne das magische Wunderding?! Erwin selbst siechte dahin, in Gram um seine Frau, und kümmerte sich nicht mehr um sein Land. Einen Nachfolger hatte er nicht, so machten sich Korruption und andere Übel breit und das Volk fiel in Elend.

9

Als Erwin dann auf dem Sterbebett lag, kamen noch einmal die Zauberer zu ihm und flüsterten ihm etwas ins Ohr. Daraufhin ließ der König einen Schreiber kommen und diktierte ihm seinen letzten Willen: "Alle 100 Jahre sollen sich die Besten der Besten, im August hier auf der Burg Rabenstein treffen um unter sich den Allerbesten zu ermitteln. Denn nur aller 100 Jahre, kommen die drei Weisen hier in dieses Gemäuer und nur alle 100 Jahre erscheint in der Nacht vom... zum... August das magische Wunderding in den Wäldern des Fläming. Und nur der allerbeste unter den Menschen, der das magische Wunderding den Zauberern bringt, soll König werden und ein neues Goldenes Zeitalter soll entstehen, wo alle Menschen wieder glücklich und zufrieden sein werden und Milch und Honig fließen. Solange soll Not und Elend herrschen! Dieses ist mein Vermächtnis! Mit diesen Worten schloss König Erwin seine Augen und sein Lebenslicht erlosch.

10

Und das Vermächtnis erfüllte sich. Jedes Jahr im August treffen sich die Besten des Landes um König zu werden. Doch bis heute hat es noch niemand geschafft....

Abenteuer Fuchsholz

Von Tino Sachse

Irgendwann im letzten Jahr haben Axel und ich uns hingesetzt, um den Veranstaltungsplan für 1999 zu durchdenken. Dabei fiel uns auf, dass im ganzen Winter nur Indoorseminare geplant waren. Irgendwie, ohne dabei jemandem nahe treten zu wollen, fanden wir das etwas langweilig.

Mensch, den ganzen tristen Winter im "dunklen Kämmerlein" zu trainieren, das ist doch nichts. Die Welt ist so groß und schön. Wir machen ganz einfach ein Wintergotonpo mit allem

Drum und Dran, Man kann ja mal beim "Bauern", sprich Ponyhof Würchwitz anfragen, wie es aussieht mit Örtlichkeit, Reiten und Verpflegung. Gesagt, getan, Anruf genügt.

"Na klar könnt ihr kommen, ich schlachte einen Hammel und ein schönes Fleckchen Erde, wo ihr euer Ding machen könnt habe ich auch. Da spannen wir an, satteln die Hühner, äh, Pferde, und los geht's. Ihr müsst mir nur sagen wann."

So ist er, der Gernot, der Chef vom Ponyhof. Also: Termin ausmachen. Nach einem Blick in den Veranstaltungsplan, kamen wir auf den 5.-7. 2. 99. Und los ging's.

Axel kümmerte sich um den Internetkram und ich hockte mich an den Rechner und bastelte die Ausschreibungen. (Übrigens, entschuldigt bitte die falsche Telefonvorwahl) Zusammen tüftelten wir einen spannenden Trainingsablauf aus. Der Tag der Anreise rückte näher, aber die Anmeldungen blieben aus. Komisch, das können doch nicht alles Warmduscher sein? Aber dann, nach Gesprächen mit Axels Schülern, fiel es uns wie Schuppen aus den Haaren. Na klar, die sparen alle fürs TAIKAI in Frankfurt. Logisch.

Aber, eine kleine Truppe fand sich dann doch und wir konnten starten. Freitagmittag packten wir Schlafsack, Hund und Plane ins Auto und fuhren gen Würchwitz. Dort angekommen war schon alles aufs Beste vorbereitet. Wir brauchten nur noch unser Gerödel auf den Pferdewagen werfen und auf die Anderen zu warten.

Zuerst kamen Henry, Dirk und Dorothee, dann wurde Lars angeliefert und zum Schluss erschien noch Josef, genannt Dschingis Bäthe. (Hatt'se, Bäthe, Mäh) Das in Klammern ist für Insider. Aber das ist eine andere Geschichte.

Nach dem alle ihr Gepäck auf dem Wagen geladen hatten, ging's erst mal Richtung Zetl, sprich Zettweil. Dort wurde das "Auto für alle Fälle" abgestellt und weiter ging's zu Fuß, durch den versprochenen Matsch, Sturm und Modder, hin zu einem idyllischen, kleinen, bewaldeten Talkessel, Wir waren angekommen.

Jetzt hieß es Lager bauen. Jeder suchte sich einen geeigneten Platz und baute sein Zelt bzw. spannte seine Plane und rollte seine Penntüte darunter. Dann war Gruppenteilung angesagt, weil es, wegen einsetzender Dämmerung, schnell gehen musste. Die einen bauten die Koppel für die vier Pferde, einige gingen Brennholz machen und der Rest baute das "Festzelt."

Dann erfolgte die erste Lektion: Wie mache ich im Dunkeln, im Wind und mit feuchtem Holz, Feuer? Ganz einfach: Ein bisschen Heu vom Pferdefutter, ein bisschen dünneres Holz, auf einen

Haufen schmeißen, Streichholz dran, brennt... brennt nicht, schwelt, qualmt und geht aus. Lasst euch das mal von Stoni zeigen", sagte Axel, "der kann das."

Ruckzuck brannte ein schönes, helles und warmes Feuerchen in der dunklen, kalten Winternacht. Wie, das erfahrt ihr beim nächsten Wintergotonpo.

Jetzt mussten nur noch die Pferde versorgt werden, um sich dann zum gemütlichen Tagesausklang bei Bier, Glühwein und deftigem Essen, im "Festzelt" zu treffen.

Nach einigen Witzrunden und alten rauen Songs von Freiheit und Abenteuer, sagte Gernot plötzlich: "Wisst ihr eigentlich, dass Ich noch zwei lebende Hühner mitgebracht habe? Die können wir morgen schlachten und braten."

Die Äußerungen der Mitwirkenden zeugten von gemischten Gefühlen und die Betroffenen gackerten leise in ihrem Käfig.

Nun gut, der alte Tag klang aus und der neue begann mit einer kalten Hundenase in meinem Ohr. "Joey hau ab", murmelte ich empört und kroch tiefer in meinen kuscheligen Schlafsack. Joey ist Axels Dalmatiner und der tobte schon wieder mit Mausi durchs Gelände. Letztgenannte ist des Bauern Zwergdackel. Ein klasse Team. Da es mit der Ruhe ja nun vorbei war und der Hydrant auch mächtig drückte, quälte ich mich dann aus den Decken und stellte erst mal genüsslich eine Stange Wasser ins Gebüsch.

Zum Glück hatte der Sturm über Nacht nachgelassen. Das Wetter schien dadurch schon viel angenehmer. Ich ging hinunter ins Lager, um nach dem Rechten und dem Feuer zu sehen. Lars und Gernot waren auch schon wach und wollten sich um die Pferde kümmern. Nach einem prüfenden Blick in die Runde, fragte ich erst mal wo Josef war, seine Couch war nämlich leer. Keiner wusste etwas. Na ja, vielleicht macht er einen Spaziergang.

Eine halbe Stunde später waren alle anderen auch aus ihren Unterkünften gekrochen und hatten sich zum Frühstück versammelt. Es bestand aus Brot, frischem Gemüse, Hausschlachtewurst, Eiern und einer leckeren frischgegrillten Hammelkeule. Dazu gab es Tee. Übrigens, Josef war immer noch weg. Plötzlich eine weitere Hiobsbotschaft: Die Hühner waren auch nicht mehr da. War es der Fuchs, der Dachs, der Marder? Unmöglich! Erstens waren Hunde hier und zweitens war der Käfig auch verschwunden. In uns keimte ein schrecklicher Verdacht. Sollte wirklich...? Josef, Josef!!!

Kurz und gut, wir brauchten ein neues Mittagessen. Henry und Dorothee ritten los um etwas zu besorgen.

Es wurde Mittag, zumindest glaubten wir das, da wir alle die Uhren abgelegt hatten. Josef war immer noch nicht aufgetaucht. Aber wir hatten neue Hühner. "Ihr könnt ihr doch nicht einfach", Dorothee machte eine eindeutige Geste vor ihrem Hals.

Natürlich nicht. Die kriegen eine faire Chance, wir lassen sie frei und wenn sie den Acker erreichen, haben wir Pech. Alle verschwanden ganz plötzlich im Wald um sich Jagdwaffen zu bauen und um damit zu trainieren. Schließlich hing ja die Frage, Essen oder Hunger, davon ab.

Endlich war es so weit! Das Gatter öffnete sich und das Geflügel verschwand im Dickicht, Doch jetzt passierte Unglaubliches: aus modernen Menschen wurden binnen Sekunden rasende, Neandertalern ähnelnde Bestien und die Hühner verloren schneller ihren Kopf als sie fliegen konnten. Natürlich kurz und schmerzlos, mit einem sehr scharfen Beil. Aber, wie gesagt, sie hatten ihre Chance.

Nachdem das Jagdfieber abgeklungen war, machten wir uns ernsthafte Sorgen um Josef. Dirk holte das "Aber-wirklich-nur-für-den-Notfall"-Handy und rief auf dem Bauernhof an.

Elke, die Chefin, beruhigte uns: "Ja, ja der liegt in seinem Auto und schläft, die Polizei hat ihn heute früh gebracht." Von den verschollenen Hühnern wusste sie aber auch nichts. Nach dem wir uns, von einer Sorge befreit, von unserem Lachanfall erholt hatten, schwang ich mich mit zwei anderen auf die Zossen um Lehm zu besorgen. Darin wollten wir nämlich die Hühner einhüllen, um sie dann in der Glut zu backen. Schmeckte auch ganz o.k....

Und jetzt das Ereignis des Tages: Josef erschien wieder in unserer Mitte! Spontan intonierten wir einen Sprechgesang: "Eins, zwei, drei, … HühnerPIEP!" Aber wir freuten uns aufrichtig, dass er wieder bei uns war.

Als wir uns abends am Feuer versammelten erzählte uns Josef seine Geschichte:

"Na ja, ich konnte gestern Abend noch nicht schlafen, und so saß ich noch am Feuer und habe noch ein bisschen die Nacht genossen, da kamen mir die armen Hühner in den Kopf. Vielleicht hatte ich auch einen Sentimentalen, auf jeden Fall hatte ich plötzlich den Drang, den armen, geplagten Geschöpfen die Freiheit zu geben. Also habe ich sie genommen und möglichst weit aufs Feld gebracht. Da habe ich sie dann freigelassen. Aber als ich zurück wollte wusste ich den Weg nicht mehr. Das sah ja auch alles gleich aus. So bin ich dann stundenlang umhergeirrt, bis ich dann in irgend so ein Nest kam. Ich war hundemüde, dass könnt ihr euch ja vorstellen. Die nächste Telefonzelle war meine. Aber irgend so ein Volltrottel hatte unten eine Scheibe rausgetreten, das zog wie Hechtsuppe. Ich also raus und weiter. Das nächste war die Sparkasse. Mit meiner EC- Karte bin ich dort ins Foyer. Da hat's zwar nicht gezogen, war aber verdammt hart. So kam ich dann auf die Idee mein Auto zu suchen. Davon wusste ich wenigstens wo es steht. Wieder draußen auf der Straße, hielt ich das nächste Auto an. Es war grün mit blauen Lampen auf dem Dach. Mich hat das sehr beruhigt, die Polizei müsste sich ja eigentlich hier auskennen. Das tat sie auch und auf meine höfliche Frage hin, fuhren sie mich auch gleich zum Ponyhof nach Würchwitz. Die waren sehr kulant, unsere Freunde und Helfer. Danke noch mal."

Das war also die gar wundersame Geschichte vom Verschwinden und der Rettung von Josef, von nun an genannt Robin Huhn, der Retter der Gefiederten.

Jetzt müsste ich eigentlich wieder vom Essen schreiben, tu ich aber nicht. Der Abend versprach schön zu werden, der Wind hatte sich gelegt, es wurde nur etwas kälter. Der Vorschlag, nun bald mit dem Nachttraining zu beginnen stieß auf allgemeine Ablehnung. Kann ich auch verstehen. Den ganzen Tag auf den Beinen in der frischen Luft, das macht schon müde. Und vor allen Dingen hungrig. Grill und Spieß blieben bis in die Nacht in Betrieb, nur der Glühweintopf leerte sich schnell. Bei netten Gesprächen und Diskussionen über Gott und die Welt neigte sich der zweite Tag. Nur die Musik fiel aus, die Flöte war eingefroren.

Irgendwann in der Nacht wurde ich wach, weil ich mich total in meinen Schlafsack verheddert hatte. Beim wieder Einschlafen, hörte ich ein leichtes, leises Trommeln auf meiner Plane. Na Klasse, dachte ich noch so und dann war es morgen. Geweckt wurde ich wie üblich, durch eine kalte Hundeschnauze in meinem Ohr. Als ich, noch halb verschlafen, aus meinem Schlafsack schaute, traute ich meinen Augen kaum: die Welt war wie verzaubert! Über Nacht hatte es geschneit und es schneite immer noch. Auf Bäumen und Sträuchern lag dick die weiße Pracht. Die Pferde standen dicht aneinandergedrängt und schnoben dicke Dampfschwaden in die klare, kalte Winterluft. Die Stille wurde nur durch das leise Rieseln des Schnees gemildert. Es war einfach unbeschreiblich.

Schnell zog ich mich an, nahm meine Kamera, pfiff nach den Hunden und machte einen langen Morgenspaziergang, wobei ich versuchte diese Atmosphäre im Bild festzuhalten Als dann alle aufgestanden waren und gefrühstückt hatten, war es leider schon an der Zeit die Zelte abzubrechen und den Lagerplatz aufzuräumen.

Gernot fuhr mit unserer ganzen Habe nach Würchwitz und wir wanderten auf Umwegen hinterher. An einem kleinen Teich entspann sich noch eine heftige Schneeballschlacht. Schließlich kamen wir doch noch bei den Autos an und mussten uns von unseren Gastgebern verabschieden. Danke Gernot und Elke, wir kommen wieder!

Natürlich wollten wir, nach all den Strapazen, nach Wildenborn in unsere geliebte Jägerklause, Bauernfrühstück essen. Leider hatte sie geschlossen und wir mussten mit einem Erinnerungsfoto Vorlieb nehmen.

Also, weiter in Richtung Autobahn, bis zum tschechischen Restaurant "Morawa." Dort haben wir erst einmal gefragt ob sie uns "so" hereinließen. Schließlich sahen wir ja doch sehr abenteuerlich aus und rochen auch etwas streng nach Pferd und Rauch. Der tschechische Barmann bekam auch gleich einen gehetzten Gesichtsausdruck. Die Restaurantchefin war sehr nett und führte uns an einen Tisch der etwas Abseits stand. Dann labten wir uns an leckeren Knödeln mit Gulasch und Palatschinken als hätten wir tagelang gefastet. Und das, obwohl Essen unsere Hauptbeschäftigung während der letzten Tage war.

Ich fand, das war ein prima Abschluss des ersten Wintergotonpo des SHUGENDO DOJO Köthen. Im Januar oder Februar des Jahres 2000 findet auf jeden Fall das zweite Wintergotonpo statt und ich hoffe, dass dann ein paar mehr Leute ihren Hintern hinter dem Ofen hervorkriegen. Denn: Je mehr Leute, umso mehr Spaß!

Wenn nun Jemand denken sollte, wir haben nur gef... gegessen und gefaulenzt, so ist das nicht. Schließlich ist das meine Sicht der Dinge.

Gedanken zum Taikai in Barcelona

Von Jörg Bäthe

Alles begann für die Teilnehmer des SHUGENDO DOJO Köthen/Bitterfeld und des Yamabushi Dojo Halle schon ein Jahr vor dem eigentlichen Höhepunkt. Zu allererst mussten Interessenten für dieses Ereignis gefunden werden. Immerhin ist es vor allem eine Kostenfrage. Sich mal einfach so 1200 Mark für insgesamt fünf Tage Spanien kann man sich ja auch nicht einfach so aus den Rippen schwitzen. An dieser Stelle möchte ich den Hut vor denjenigen Teilnehmern ziehen, die lediglich das Bafög Einkommen zur

Verfügung haben, noch zur Schule gehen oder Arbeitslos sind, es aber dennoch schafften das notwendige finanzielle Rüstzeug zusammen zu sparen. Ninjutsu hat viel mit Ausdauer und Beharrlichkeit zu tun. Hatsumi Sensei schrieb: „Wirkliches Ninjutsu ist nicht für Mörder oder Verbrecher, sondern für jene, die Durchhaltevermögen und Ausdauer kultivieren möchten, um bessere Wege zu finden ein glückliches Leben zu führen. Um das ganze Geld zusammenzubekommen, musste auf einiges verzichtet werden. Ich hoffe das sich diejenigen das mal durch den Kopf gehen lassen, die immer nur sagen: „Ich kann nicht mitkommen, ich hab´ kein Geld. „Dann muss man eben mal auf einige Annehmlichkeiten verzichten, einige Bierchen eben nicht trinken oder eben mal auf Markenklamotten verzichten. So ein Taikai sollte einem das schon Wert sein.

Nun aber weiter im Text. Interessenten gab es reichlich. Fast genug um eine Lufthansamaschine für uns alleine buchen zu können. Allerdings benötigten wir keine ganze Maschine für uns allein, es reichten einige Plätze. Des Weiteren flogen wir nicht mit der Lufthansa, sondern mit Iberia Airlines. Eine andere Fluggesellschaft war aus finanztechnischen Gründen zu dieser Zeit nicht ratsam gewesen. Am Reisetag waren allerdings nur noch Sieben Verwegene übriggeblieben. Diese Sieben verzichteten auf den Sommerurlaub um das Taikai besuchen zu können. Im Voraus kann schon gesagt werden das keiner der Beteiligten diesen Schritt bereut hat.

Alle Teilnehmer trafen sich am Abreisetag gegen zehn am Dojo in Köthen. Es wurde nochmals alles auf Vollständigkeit hin überprüft. Ausweise, Geduld gute Laune, alles war vollständig. Jeder Teilnehmer hatte seine ganz speziellen Erwartungen.

Dennoch wollte jeder eine unvergessliche Zeit im Geiste des BUJINKAN erleben. Ein Training so ganz anders, mit den Leuten aus aller Welt und alles mit dem spanischen Temperament durchsetzt. Das Training sollte uns alle ein Stück näherbringen. Noch intensiver lernten wir andere Meinungen zu respektieren. Andere Gedanken und Weltanschauungen erweiterten den geistigen Horizont eines jeden einzelnen enorm.

An Dieser Stelle möchte ich noch einmal auf die vorbereitende Planung dieses „TAIKAI´s" eingehen. Denn ganz so einfach wie man sich das vorstellen mag war es wahrlich nicht. Im Rahmen der Planung stellte sich die Frage, wie kommen wir eigentlich nach Barcelona? Für die geographisch Gehandicapten so viel: Barcelona liegt nicht bei Baasdorf. Also fiel laufen aus. Wie nun nach Spanien? Auto oder Fahrrad? Mit dem Zug oder dem Hundeschlitten? Weiterhin gab es das Problem: benötigen wir für Spanien den internationalen Impfausweis für Hunde? Wie teuer kommt uns das? Und wie viel Hunde benötigen wir? Aufgrund der Komplikationen wurde das Thema Hund und Fahrrad abgelehnt. Ohne Gegenstimmen.

Das ist Demokratie. Nun stand die Frage Auto oder Flugzeug. Oder hatte zufällig jemand einen Außerirdischen in seiner Verwandtschaft? Und dazu noch ein funktionstüchtiges UFO? Und hatte dieser Außerirdische einen UFO - Führerschein? Wenn ja, verfügt Barcelona über einen UFO Landeplatz? Fragen über Fragen. Die Sache mit dem Landeplatz war eher unwahrscheinlich. Auch mit dem Zug dauert es zu lange. Am Ende gab es dann doch eine Lösung. Ein Teil flog die anderen fuhren mit dem Auto. Endlich war auch der Abschnitt der Planung erledigt. Auch stimmten die finanziellen Mittel, da alle Überweisungen zügig getätigt wurden. Jetzt hieß es nur noch den Urlaubsantrag genehmigen zu lassen. Auch dies funktionierte problemlos. Hatten etwa die Götter ihre schützende Hand über uns gelegt? Jetzt war die Planung abgeschlossen und die Reise konnte beginnen.

Als endlich alle am Dojo eingetroffen waren, fehlte nur noch das Taxi. Hat der Fahrer etwa verpennt? Nein das Taxi kam pünktlich und alle verstauten ihre Sachen. Die Fahrt begann. Mir ging die Sache mit dem Gepäck nicht aus dem Kopf. Hatten einige ihre Frauen im Gepäck? Bloß was wollen die mit deutschen Frauen in Spanien?

Auf der Fahrt zum Flughafen wurden alle sehr schnell munter. Man spürte die Anspannung die in jedem von uns war. Wieder die Frage, was bringt dieses TAIKAI? Die Fahrt zum Flughafen dauerte nicht lang. Pünktlich wie die Maurer kamen wir am Airport an. In aller Ruhe konnten wir einchecken und uns noch etwas Warmes gönnen. Kurz vor Startbeginn suchten alle nochmals zielgerichtet das Stille Örtchen auf. Dies geschah sehr geräuschvoll und disharmonisch. Naturgewalten bahnten sich

ihren Weg. Grausam. Nach diesem Akt des Wahnsinns, wurde endlich unser Flug aufgerufen. Wir begaben uns zum Check-In. Diese Hürde wurde ebenfalls schnell genommen. Nachdem der BGS und der Zoll nichts zu beanstanden hatten, bestiegen wir ehrwürdig die Gangway zum Glück. Barcelona wir kommen.

Erstaunlicherweise gab es auch beim Start keinerlei Verzögerungen. Waren die Götter wieder mit uns? Selbst der Flug war ruhig und pünktlich. Wer während des Fluges schlafen konnte, begab sich in Morpheus Arme. Die ruhelosen Geister die nicht schlafen konnten, unterhielten sich über das bevorstehende Ereignis.

Dieses TAIKAI war mein erstes. Trotz vieler Gespräche konnte ich mir nicht so recht vorstellen, was da so abgeht. Nun, was ist ein TAIKAI? Übersetzt heißt TAIKAI so viel wie „Große Versammlung." Eins wusste ich bis dato schon. Es wird halt nicht nur gelabert. Wäre es nur das, bräuchte ich bloß einen Abend Lindenstraße schauen, da wird eh nur gelabert. Das kann es ja nicht sein. Es wird bei einem TAKAI weniger technisches Können, als vielmehr ein Gefühl vermittelt. Es wird ein Feeling in den anwesenden Schülern und Meistern erzeugt, mit welchem man im heimischen Training die Dinge die man dort trainiert und diskutiert, erst so richtig begreifen kann. TAKAIS sind für mich seelische Dolmetscher des Gezeigten, sowie die Möglichkeit mit dem Geist des BUJINKAN in ein Zwiegespräch zu kommen. Es ist die Möglichkeit hinter die Fassade des Ninjutsu schauen zu können. Man sieht, dass die Worte von Menschlichkeit und das Handeln im Geiste eines Kriegers, keine leeren Worthülsen sind. Ein TAKAI zeigt aber auch schonungslos, wie viel man nicht weiß und wie viel Schweiß, Mühe, Entbehrungen und Trainingsfleiß notwendig sind, diese dort gezeigte Menschlichkeit für sich selbst zu erwerben. Denjenigen die noch nie bei einem solchen Ereignis teilgenommen haben kann ich nur raten, dies baldmöglichst zu tun. Der Geist wird weit, das Herz wird groß. Während der ganzen Zeit herrscht nur Frohsinn und gute Laune. Und trotzdem ist es ein sinnloses Unterfangen, den Geist eines TAIKAI´s beschreiben zu wollen. je mehr man es versucht desto weiter entfernt sich dieser Geist von einem. Man kann ihn nur selber erleben. Es ist wie mit dem TAO (dem Weltgesetz). Es ist da, es funktioniert und wirkt, aber noch kein Weiser des Altertums schaffte es je das TAO zu erklären.

Aus meinen Gedanken gerissen stellte ich fest, dass die Maschine sich schon im Landeanflug auf Barcelona befand. Endlich am Ziel dachte ich so. Es war herrlicher Sonnenschein. Da es sehr warm war, legten wir die Jacken ab und verstauten sie in den Taschen. So gerüstet durchschritten wir die Empfangshalle. Uns begegneten ungläubige Blicke aufgrund unserer leichten Bekleidung. Wenn die wüssten wie kalt es momentan in Deutschland ist. Für uns war Frühling, für die Einheimischen war Winter. Wie kurios doch die Welt ist. Nun begannen die so vermissten Probleme: Wo steht das Hotel? Wie kommen wir da hin? Welcher Bus ist für uns? Und wer Spricht spanisch? In diesen Augenblick fielen unsere Blicke auf einen Einheimischen. Dieser trug ein Schild in der Hand. Darauf stand „TAIKAI." Wir hielten schnurstracks auf ihn zu. Dieser Notnagel unsere Situation erklärte uns den genauen Weg. Wir erklommen unseren Bus und ab ging die Post. Dachten wir. Denn da tauchte das nächste kleine Problem auf. Wovon sollten wir die Fahrt bezahlen? Wer hat Pesetas? Irgendwoher tauchten dann doch noch welche auf, und es reichte für alle. Jetzt konnte die Stadtrundfahrt beginnen. Barcelona hat viele Facetten und Bilder. Es gibt arme Stadtteile aber auch reiche. Es gibt schöne Dinge aber auch hässliche. Es gibt Glanz und Müll. Auch in dieser Weltmetropole sieht es aus wie in Berlin oder London. Glanz und Elend liegen dicht beieinander. Der Unterschied zu anderen Weltstädten ist im spanischen Temperament begründet. Dieses Temperament, diese Offenheit und Gelassenheit hält alles wie ein buntes Band zusammen.

Nach vierzig Minuten Fahrzeit kamen wir am Bestimmungsort an. Es war das Nobelhotel "Plaza Hotel." Es war ein sehr hohes und im modernen Stil errichtetes Gebäude. Es wirkte majestätisch, schon fast protzerhaft. Dennoch hatte es irgendetwas vertrautes. Es schien das nobelste am Ort zu sein. Na hoffentlich genügen unsere Manieren dem Anspruch dieses Hotels. Dies ist also die Unterkunft und Trainingsort für die nächsten fünf Tage. Nun ging es nur noch um das Einchecken im Hotel. Also nur noch eine Nebensache wie wir glaubten. Das allerdings die Bürokratie nicht bloß in Deutschland beheimatet und grausam ist, sondern auch in Spanien Fuß gefasst hat, sollten wir in den nächsten zwei bis drei Stunden schmerzhaft zu spüren bekommen. Das Elend begann mit der alles vernichtenden Frage nach unseren Zimmern. Sind sie denn angemeldet? Und auf welchen Namen? Dies konnten wir noch zur Zufriedenheit aller beantworten. Leider nur waren wir nirgends registriert. Nicht einmal bei der Toilettenfrau. Was nun? Cool bleiben und nachforschen. Das war allerdings schwieriger als wir glaubten. Zu guter Letzt sollten wir dann auch noch dreißigtausend Peseten berappen. Unsere Zimmer wären angeblich noch nicht bezahlt. Der Erklärungsversuch unsererseits" Wir haben das Geld doch schon längst überwiesen", blieb ungehört. Auch auf Vorlage der Überweisungsquittungen ernteten wir nur ein mitleidiges Achselzucken. Allerdings wurde eine neue Überprüfung des Sachverhaltes eingeleitet.

Endlich ein Ergebnis. Es gab zwei Organisatoren. Paco und Pedro. Wir sind lediglich an den

Falschen geraten. Bei zwei Leuten steht die Chance bei fünfzig zu fünfzig, dass man den richtigen Organisator erwischt. Also suchten wir Pedro auf. Nach dreißigminütiger Suche fanden wir das verlorene Kind. Seine hoch aufgeschossene Statur ist eigentlich nicht zu übersehen. Genauso wenig seine magische Glatze. Pedro Fleitas Gonzales ist Shihan. Er hörte sich das Dilemma an und überprüfte selbst die Angelegenheit. Ich selber stand kurz vor einen Wutanfall. den Rest des TAIKAI´s in Polizeigewahrsam zubringend, toll.

Die Götter hatten ein Einsehen mit uns. Ziemlich rasch wurde der gordische Knoten entwirrt und alles aufgeklärt. Ein toller Anfang und erster Tag dachte ich so. Jetzt, damit uns nicht langweilig wird, kam Problem Numero zwei. Wo gibt es die Essenmarken? Wo die Aufkleber die zur Trainingsteilnahme berechtigten? Und wo die Einladung zum Abschlussbankett? Also von Stand eins zum Stand drei, dann zum Stand zwo und dann wieder zum Stand äääh, ja welchem nun? Am besten zum Bierstand und ein bisschen Beruhigungstropfen einnehmen. So jetzt wieder zu Stand vier um die Trainingsunterlagen zu ergattern. Irgendwann war endlich alles erledigt. Wie sehr das Nervenkostüm gelitten hatte, konnte keiner so genau sagen. Doch es war erheblich.

Nun wo alles geklärt und alle restlos fertig waren, wollten alle nur noch auf ihre Zimmer. Just in diesem Augenblick liefen uns die Helden der Landstraße über den Weg. Hatten also auch die letzten vier den Weg nach Barcelona mit dem Auto geschafft.

Jetzt wo alles beisammen war, konnte die erste Stadtbesichtigung abgehalten werden. Barcelona hat seinen eigenen Charme. Die breiten Alleen, die sehr schmalen Gassen. Aber auch die Straßencafés welche vierundzwanzig Stunden geöffnet haben. Hier gibt es für Deutschland noch viel Nachholbedarf. Die Menschen machen zum Abend hin einen vergleichbar hektischen Eindruck. In der Altstadt angekommen, fand man auch gleich ein Restaurant welches unseren Ansprüchen zur Genüge gereichte. Einheimische Küche war angesagt. Wir wurden mit einer sehr lebensfrohen, etwas hektischen Art und Weise empfangen. Am Anfang war dies zwar etwas gewöhnungsbedürftig, aber man passte sich an.

Die Stimmung war sehr gut, nicht zuletzt durch das spanische Bier. Etwas lieblich im Geschmack, konnten wir jedoch auch dieser Gaumenfreude uns nicht entziehen. Ebenfalls ist auch der spanische Wein ist sehr zu empfehlen.

An diesem ersten Abend in Barcelona geschah auch gleich etwas Merkwürdiges. Als es an die Wahl des Essens ging, wurden, unter Anderem, vier Paellas geordert. Der Kellner war entweder verwirrt oder ein durchtriebener Geschäftsmann. Er brachte nicht vier sondern vier mal vier Paellas. Mir war neu das Deutsche im Ausland als unterernährt gelten. Oder sahen wir so verhungert aus? Nun begann eine weitere hektische Diskussion über die tatsächliche Anzahl der georderten Meeresfrüchteplatten. Hier ging es zu wie an der Börse. Dank unseres sehr temperamentvollen Gestikulierens und allerlei wüster Beschimpfungen konnten wir den Sieg im Paellakrieg erringen. Gesättigt und mit guter Laune verließ man das Lokal. Nun ging es wieder Richtung Hotel. In der Pianobar wurde noch ein Abschlussdrink genommen. Danach gingen alle zur Ruh und der erste Tag in Barcelona war schon Geschichte.

Es kam der Morgen des ersten Novembers. Alle standen beizeiten auf, um das große Frühstücksgelage mitzuerleben. Es wurde ein, beinahe fürstliches Gedeck serviert. Man spürte die Bemühungen der Gastgeber ein einmaliges Erlebnis für alle Anwesenden zu schaffen. Gegessen wurde mehr als genug. Man schlug sich den Bauch mit allerlei Köstlichkeiten voll. Da ging bei so manchen der gute Vorsatz von der guten Figur sehr schnell den Bach herunter. Während des

Essens konnte man erst so richtig sehen wie viel Menschen aus aller Welt angereist sind. Egal ob Europäer, Amerikaner, Asiaten oder Australier. Das BUJINKAN ist wirklich weltweit vertreten. Eben eine wirklich internationale Familie. Bis zu diesem Moment kannte ich Hatsumi Sensei nur durch Erzählungen und Berichten, sowie durch seine Veröffentlichungen aus dem Sanmyaku. Wer ist eigentlich dieser Mensch?

So richtig konnte ich mich nicht auf das Essen konzentrieren. Meine Gedanken drehten sich um mein erstes Training unter seiner Anleitung. Wie wird es sein? Anders als zu Hause? Werde ich überhaupt verstehen was er uns sagen will. Nicht nur die Sprachbarriere spielte hier eine Rolle. Wird´ ich überhaupt seinen Gedanken folgen können? Fragen über Fragen. Die Gesichter um mich herum strahlten alle etwas Festliches aus. Und ich? War ich der einzige der nichts ausstrahlte? Hätte ich vielleicht noch ein paar Jahre, bis zu meinem ersten Taikai warten sollen? Das Frühstück war beendet und wir begaben uns auf unsere Zimmer um uns für das Training umzuziehen. Wer möchte schon freiwillig beim ersten Training zu spät erscheinen?

Als wir den Trainingsort, das Dojo, betraten, war es schon restlos gefüllt. Uns schlug ein Stimmengewirr aus spanisch, englisch, deutsch und wer weiß welche Stammesdialekte noch darunter waren, entgegen. Wir bezogen am Eingang einen Platz und begannen uns mit leichter Dehnung zu erwärmen. Eine größere körperliche Betätigung war nicht nötig um ins Schwitzen zu kommen. Der Saal war mit ungefähr fünfhundert bis siebenhundert Personen, randvoll, gefüllt. Plötzlich erstarb jegliche Regung. Es wurde so leise das es schon unheimlich wirkte. Die letzten die noch saßen erhoben sich von ihren Plätzen. In diesen Moment brach ein ohrenbetäubender Applaus los. Am Eingang erschien Hatsumi. Es schien, als habe die ganze Welt nur auf diesen Moment gewartet. Jetzt konnte ich mir ein wirkliches Bild von ihm machen. Er wirkte eher schmächtig. Er hatte einen sehr lustigen Gesichtsausdruck. Voller Tatendrang und Würde. Er wirkte konzentriert ohne angespannt zu sein. Eher locker und lässig. Ein gewinnendes Wesen schien sein eigen zu sein. Man fasste sofort Vertrauen. Auf diesen schmalen Schultern ruht also das Wissen und das Können vieler hundert Jahre Ninjutsu. Dies ist also die Person, welche den Staffelstab von vielen Generationen von Großmeistern übernommen hat und diesen Staffelstab in Form von Training nun an die nächste Generation weiterreichen soll. Es war ein schönes Gefühl mit dazu zu gehören. Sensei ließ sich nicht feiern, sondern verlangte sofortige Trainings-bereitschaft. Nach einer kurzen Begrüßung begann das Training. Wir schwitzten wie Tiere. Es gab keine großen Atempausen. Das Training wechselte rasant zwischen dem Techniktraining, den Erläuterungen zu den Techniken und informativen Dingen zum historischen Hintergrund des Ninjutsu, sowie seiner philosophischen Ausrichtung. Sicherlich war alles sehr interessant, wenn man japanisch versteht, es wurde auch ins englische gedolmetscht, nur bin ich auf diesem Gebiet auch keine große Leuchte. Also musste ich mir vieles ins Deutsche übersetzen lassen.

An diesen ersten Trainingstag wurde mir sehr schnell klar: es ist sehr wichtig das man sich einen festen Lehrer sucht, zu dem man Vertrauen hat und der dazu in der Lage ist, einen zu führen. Doch genauso wichtig ist es zu reisen. Andere Eindrücke und andere Menschen kennen und achten zu lernen. Man soll und muss auch von anderen lernen. Genauso ist es ja auch im Leben.

Die Eindrücke welche wohl jeder Teilnehmer am ersten Tag bekam, waren grandios. Zu sehen wie doch jede Technik bei jeden einzelnen aussah, anders aussah und doch immer die gleiche blieb, ist enorm. In der Mittagspause ging es dann endlich zum Mittagessen. Das Buffet war überaus reichhaltig und schmackhaft. Es wurde mehr gespachtelt als vielleicht gut war. Auf jeden Fall machten einige Leute einen sehr überfressenen Eindruck, zu Beginn der zweiten Trainingseinheit am Nachmittag. Dennoch machten alle am Ende des Trainings einen hochzufriedenen Eindruck. Allerorts wurde über vieles diskutiert, ausgewertet und analysiert. Es wurde sich über die Ländergrenzen hinweg verständigt und diskutiert. Man spürte einen großen Frieden. Doch gab es immer wieder eine Frage, wie lange wird Sensei diese Reisestrapazen auf sich nehmen? Aus diesem Grund sollte jeder alle sich bietenden Möglichkeiten nutzen und unter der Anleitung von Sensei trainieren. Nutzt die Chance ein oder mehrere Taikais zu besuchen. Doch waren am Ende des ersten Trainingstages nicht alle locker und entspannt.

Auf einige Delinquenten wartete das Schwert.

Es stand noch der Sakki-Test an. Wer wird es schaffen? Das Ergebnis ließ nicht lange auf sich warten. Nun war der Abend rund. Wir zogen uns um und gingen essen. Diesmal war Fisch angesagt. Wir fanden eine nette kleine Kneipe und ließen den Tag gemütlich ausklingen. Es war eine Wohltat in aller Ruhe den Tag noch einmal Revue passieren zu lassen.

Am Morgen des zweiten Tages hieß es bei Zeiten aufstehen. Bei einigen sah man noch den letzten Abend im Gesicht. Sie haben wohl den rechtzeitigen Absprung verpasst. Was soll's.

Einige neugebackenen Shidoshis sahen ebenfalls ziemlich mitgenommen aus. Aber das geht in Ordnung. Immerhin begann für die glücklichen Absolventen ein neuer Abschnitt im Ninjutsu und im Leben. Das Training begann mit der Vorstellung der neuen Shidoshis und dem Fotoshooting mit Hatsumi.

Danach begann das Training, zwar mit etwas Verspätung da niemand mit der japanischen Fototechnik klarkam, aber immer noch rechtzeitig vor dem Essen. Auch dieses Training war gespickt mit, ja teilweise magisch und mystisch anmutenden Techniken und deren Henkas. Es war grandios zu sehen, wie schwerelos Sensei die Techniken demonstrierte. Aber auch die Demonstrationen seitens der Shihans war atemberaubend. Eines konnte man merken: wenn man regelmäßig und ausdauernd trainiert ist es möglich, ebenfalls eine solche Klasse zu erreichen. Bei allem Trainingseinsatz wies Hatsumi darauf hin: „Es ist einfach ein guter Krieger zu werden. Es ist aber sehr schwer ein guter Mensch zu werden."

Aber gerade danach sollten wir im Training und außerhalb des Dojos pausenlos streben. Seit nicht zu feige euch regelmäßig kritisch zu betrachten und zu korrigieren. Wenn man die Leute so betrachtet, die ein Taikai beiwohnen, so lohnt es sich.

Nach dem Training betrachteten wir uns Barcelona bei Nacht. Es war ein erhabenes Gefühl durch die teilweise gespenstischen Gassen dieser geschichtsträchtigen Stadt zu schlendern. So ging auch dieser Tag zu Ende. Morgen ist der letzte Trainingstag. Daran dachten alle mit Wehmut. Denn bald schon heißt es Abschied nehmen. Aber noch stand die Abschlussparty auf dem Plan. Eine Party wie wir sie noch nie erlebt hatten.

Nach einer guten Nacht, welche jeden Kraft und Frohsinn für den letzten Tag geben sollte, begaben wir uns zum Frühstück. Es wurde noch festlicher getafelt als an den anderen Tagen. Geradeso als würde ab morgen eine Hungersnot anbrechen. Nach dem Frühstück begaben wir uns zum Training. Welche Geheimnisse warten wohl heute auf uns? Das Training begann rasant und intensiv. Auch diesmal hatte Sensei eine Botschaft für alle. Eine Botschaft die für das Leben allgemein bestimmt war. Leider hab´ ich wortwörtlich nicht viel verstanden. Aus diesem

Grunde versuch ich alles was Sensei in diesen Tagen sagte, mit den Worten von Konfuzius wiederzugeben. „Der Edle hält Maß im Essen, strebt nicht nach Bequemlichkeit im Wohnen; er handelt klug und redet mit Bedacht. Er richtet sich an jenen aus, die den rechten Weg gehen. Von einem solchen Menschen kann man sagen, dass er danach strebt zu lernen."

Sicherlich trifft diese Aussage nur sehr dürftig das, was Sensei uns sagen wollte. Vielmehr, so glaube ich, sollten wir vielmehr

mit dem Herzen die Welt sehen und verstehen. Das Training verlief sehr harmonisch. Einen jeden Teilnehmer konnte man den Spaß am Training ansehen. Es war am Nachmittag und die letzte Trainingseinheit war abgeschlossen. Was werde ich mit nach Hause nehmen? Was werde ich noch wissen? Was werde ich fühlen? So viele Gedanken auf einmal. Doch mitten im Überlegen beendete Sensei das Training und wünschte jedem einzelnen viel Erfolg und viel Spaß beim weiteren Training in den heimischen Dojos. Es brandete tosender Applaus auf. Nach und nach löste sich die Gesellschaft auf. Ein jeder wollte sich in Ruhe auf die Abschlussparty vorbereiten.

Gegen 19 Uhr war es soweit. Alle trafen sich im Festsaal. Fein gekleidet und mit sehr guter Laune traf man sich wieder. Zügig wurde das wahrlich fürstliche Buffet eröffnet und gestürmt. Niemand hielt sich zurück oder an irgendeinem Getränk fest. Haltlose Völlerei war nun angesagt. Vergessen war der Diätwahn und die gute Erziehung. Es wurde diniert und gelacht. Eine gute Stimmung machte sich im Saal breit. Jetzt trat auch noch eine sparsam bekleidete Tanzformation auf. Jetzt gab es kein Halten mehr. Alle wurden mit einbezogen. Sensei gab eine Kostprobe seines tänzerischen Geschicks, ebenfalls seine Frau. Die Mitglieder der Tanzgruppe kamen wahrlich ins Schwitzen. Sie bereuten es nun wohl, Hatsumi zum Tanz aufgefordert zu haben. Es war eine tolle Sache zu sehen, wie jung Sensei wirkte. Ein Beleg dafür, wie jung und frisch Ninjutsu die Menschen hält.

Am späteren Abend demonstrierten einige Shihans ihr musikalisches Können. Sie schmetterten aus voller Brust einen Gassenhauer nach dem anderen. Es wurde viel gesungen, getrunken und gelacht. Das war eine Party wie man sie wohl nur auf einen TAIKAI erleben kann. Der Abend ging zur Neige, doch einige unverwüstliche Abfeierer verlangten nach einer Zugabe. Diese wurde ihnen gewehrt. Es ging in eine Kneipe. Nicht irgendeine Kneipe. Es wurde etwas ganz Besonderes gesucht und auch gefunden.

Es gibt Lokale in welchen Karten oder Brett-spiele gespielt werden. Neu war, dass es Lokale gibt in den man sich als Robin Hood produzieren durfte. Ja, Bogenschießen unter professioneller Anleitung. Aufgrund der Partylaune und dem starken Konsum geistiger Getränke wurde auf die professionelle Anleitung teilweise verzichtet. Dies hatte schnell ein ziemliches Chaos zur Folge. Geschossen wurde auf fast alles, nur nicht auf die Scheibe. Bald steckte der Großteil der Feile in der Deckentäfelung oder im Mauerwerk. Der Barkeeper bekam es langsam mit der Angst und wir mit dem Durst. Der Ausschank ließ etwas zu wünschen übrig. Aber deshalb sich gleich neben den Barhocker zu setzen, ist vielleicht doch et-was zu heftig reagiert. Oder war es ein Sitzstreik? Dieses Geheimnis bleibt wohl ewig ein Geheim-nis. Nach zwei, drei Stunden hielt die große Müdigkeit Einzug. Man entschloss sich, den Heimweg anzutreten. Nicht zuletzt auch wegen der sichtlich schlechten Verfassung des Barkee-pers der einen sehr gestressten Eindruck machte.

Im Hotel angekommen, traf man sich noch einmal in der Hotelbar zum Abschiedstrunk. Kur-ze Zeit später ging es dann zur wohlverdienten Nachtruhe. Der nächste Tag war Heim-reisetag.

Am nächsten Tag ging alles sehr schnell. Die Sachen waren schon gepackt. Der Abschied viel allen schwer. Man wollte sich beim nächsten TAKAI wiedersehen. Mal schauen ob das klappt. Jetzt wurde der letzte, nein der nächste Bus genommen und los ging es zum Flughafen. Hier gab es noch einen kleinen Aufenthalt.

Aber bald schon waren wir in der Luft und auf dem Weg nach Hause. Jeder hing seinen Gedanken nach. In der Heimat angekommen, waren alle ziemlich müde. Mit dem Bus ging es dann nach Hause und dann ins Bett.

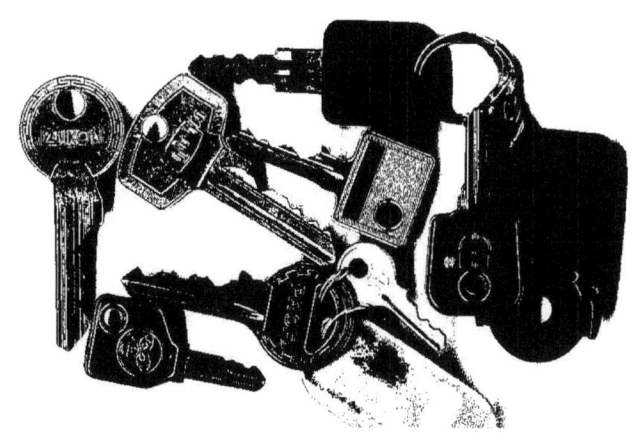

Abschlussbericht

Von Mike Flämming

Trainingslager des SHUGENDO–Dojo am Bergwitzsee 1999

Schnitzeljagd einmal gaanz anders......

(wenn Zeit und Platz wäre könnte man das Wort „ganz" durchaus mit 200-300 „a" schreiben) Es fing alles ganz harmlos an, wie immer bei uns. Doro war mächtig nass und hatte keine trockenen Klamotten mehr.

79

Glücklicherweise waren wir Jungs aber alle ganz gut bestückt, so dass Doro ausreichend „bedient" werden konnte. Sie bekam Schuhe von Stoni, von Henry ein T-Shirt (welches bei Doro durchaus auch als Nachthemd hätte durchgehen können) und Axel steuerte eine ge(be)fleckte Hose bei. So ausgestattet konnte Doro glücklich und getrocknet die Heimreise antreten. Der Rest der Meute, so ca. 5-6 Leute machten sich daran, Axels mobile SHUGENDO-Zentrale zu demontieren. Als alles zusammengepackt, verschnürt und verstaut war, der Klapp-Fix brauchte eigentlich nur noch angehängt werden, fragte ich Axel zufällig nach seinem Autoschlüssel. Unsere Blicke trafen sich und ich konnte sehen, wie es in ihm arbeitete. Wie konnte ich auch solch eine Frage zu diesem Zeitpunkt stellen. Volltreffer!!! Nachdem wir sämtliche Handschuhfächer, Hosentaschen, Jackentaschen und Taschen-taschen durchwühlt und von innen nach außen gekrempelt hatten, wussten wir: DER SCHLÜSSEL LIEGT IM KLAPP-FIX. Da dieser jedoch schon verschlossen und vernagelt war, mussten wir das große Puzzle Klappfix noch einmal entwirren. Vergeblich! Der Schlüssel blieb verschwunden.

Unser Survivalfreak „Linde" (zumindest konnte man dies nach seiner Ausrüstung vermuten) hatte als einziges zivilisiertes Utensil sein geliebtes Handy mit, Axel zwar auch, doch war dieses, rein akkumäßig ins große Reich der Träume eingegangen. Also machten wir einen Plan. Nacheinander wurde versucht Laster, Henry, Doro oder Dirk zu erreichen. Frei nach dem Motto: „Sprich du auf meine Mailbox, und ich rufe dich dann vielleicht zurück." Vergeblich. Kein Schwein ruft uns an. Auch der Gedanke Axels „Wagen" kurz zu schließen wurde im Hinblick auf eventuelle Risiken und Nebenwirkungen nach kurzer aber intensiver Diskussion verworfen. Was nun? Was tun? In Ermangelung anderer Möglichkeiten wurde sogar das Hinzuziehen eines Pkw-Taxis (Abschleppdienst) in Erwägung gezogen. Dieser Gedanke wurde nach einigen Telefonaten durch unseren „Sekretär" Linde, dessen Telefonrechnung wahrscheinlich schon zu diesem Zeitpunkt schwindelerregend hochgeschnellt war, sofort wieder verworfen. Grund dafür war die Bulimie (Magersucht) unserer Portokasse. In der Zwischenzeit hatten sich aber auch Laster und Henry gemeldet und jede Beteiligung am „Schlüsselspiel" dementiert. Das war vielleicht ein Schock. Schlüssel weg, Ersatzschlüssel (was ist das eigentlich?) nicht auffindbar. Wie sollten wir jemals wieder nach Hause kommen?? Was macht man in einer solch ausweglosen Situation?

Axel hatte die zündende Idee. „Wir gehen jetzt erst einmal ein Bier trinken." Gesagt, Getan. Doch plötzlich durchzuckte es Axel siedend heiß. Er schrie „HEUREKA, ich hab's", und war überglücklich ob seines Gedankenblitzes, welcher uns alle blendete. Der Schlüssel liegt doch im Handschuhfach - aber in dem von Dirks Auto!" Na Klasse. Und dieser Dirk war spurlos verschwunden. Na ja, drei Tage Frauenentzug, das musste man ja auch verstehen, oder? NEIN!! Wir verstanden das nicht. Deshalb musste „Sekretärin" Linde noch einmal sein Telefon beschwören, um irgendwie an Dirk oder Dirks Freundin, oder von mir aus auch an alle beide heranzukommen. Mit viel Mühe, Schweiß und ein bisschen noch verbliebenem Humor gelang uns dies auch schließlich. Der Ausreißer wurde gestellt, zurückbeordert und alle waren glücklich und zufrieden. Und außer, dass ich MIKE FLEMMING eine Menge grauer Haare gekriegt habe, scheinen bei keinem der beteiligten Personen Spätschäden zurückgeblieben zu sein. Und so ging wieder einmal ein gaanz normales Trainingslager am Bergwitzsee zu Ende.

Operation Edeltraut

Von Axel Franke

Ein lustiges und spannendes Nachttraining der Kampfkunstschule "BUJINKAN SHUGENDO DOJO Köthen/Bitterfeld zum 5. Trainingslager Anfang Juli `96. Jedes Jahr an zwei Wochenenden im Sommer geht bei uns die Post ab. Denn dann ist unser nun schon traditionelles Trainingslager angesagt. Der Spaß daran beginnt schon bei der Planung und Vorbereitung. Dazu setzen sich ein paar Leute beim Bierchen zusammen und fangen einfach an zu "spinnen." Und so entstand auch

"Operation Edeltraut." An einem verregneten Abend, irgendwann im Mai `96, saßen wir mal wieder beisammen und heckten zunächst erfolglos einen Plan aus. Nach drei "erfolglosen" Bieren sagte Axel, "lasst uns dem Kind doch erst mal einen Namen geben." Stoni lehnte sich zurück und sagte "Edeltraut" (Gelächter.)" Warum nicht?" Meinte Axel, nachdem er sich beruhigt hatte. So wurde Edeltraut, zumindest erst einmal in unseren Köpfen, geboren. Jetzt hatten wir die Grundlage für einen guten Plan.... Die Idee war, dass Edeltraut eine lebensgroße Puppe sein sollte, die im Wald gefunden und entführt werden sollte.

Und da waren sie wieder unsere drei Probleme.

1. Wie stellen wir Edeltraut her?

2. Wie soll sie aussehen?

und

3. Wie schmuggeln wir sie ins Lager bzw. in den Wald?

Das erste Problem löste sich durch eine gute Freundin, die nach langem Suchen eine alte Schaufensterpuppe besorgte und dann auch herrichtete, womit sich auch das zweite Problem löste. Die fehlenden Beine wurden durch Stiefel ersetzt, was die Proportionen etwas verschob, auf das Gesicht kam eine Hexenmaske, dann noch ein Kopftuch und ein paar alte Klamotten - fertig war Edeltraut. Na ja und das dritte Problem bekamen wir irgendwie in den Griff.

Wir machten uns also auf den Weg zum Bergwitzsee (Dübener Heide in Sachsen-Anhalt). Es ist ein nahezu ideales Gebiet für Geländespiele. Wasser, Sumpf, Hügel, Wald, eben alles was man für ein gutes Spiel braucht.

Nach dem Lageraufbau und der Anmeldung begann die Vorbereitung auf das Nachttraining. Als es dunkel wurde gingen wir mit den Kindern in den Wald, die mit Begeisterung das Nachttraining für die Großen vorbereiteten. Dazu verteilten sie wahllos Knicklichter. Unter einem dieser 40 Lichter war Edeltraut versteckt. Aber nicht einfach so, denn es waren kleine Knallkörper so angebracht, dass sie explodierten, wenn Edeltraut angehoben wurde.

Nach einigen Nachtspielen ging es dann wieder zurück ins Lager. Jetzt waren die Großen dran. Die Teilnehmer wurden in Gruppen aufgeteilt. Jede Gruppe erhielt einen Umschlag mit einem „Geheimauftrag": „Findet Edeltraut unter einem Knicklicht und verbringt erfolgreich eine Nacht mit ihr (Die Teilnehmer wussten noch nicht wer oder was Edeltraut ist. Man konnte sie finden oder auch anderen abjagen). Gewonnen hat, wer Edeltraut morgen früh unversehrt um

9.00 Uhr zum Frühstück mitbringt." Drei erfahrene Leute, Detlef, Dirk und Henry, waren dazu eingeteilt die Mitspieler zu stören und zu verwirren. Axel und Stoni gingen mit einem Nachtsichtgerät raus, um das Geschehen zu beobachten und zu kontrollieren.

Und jetzt folgt die Dokumentation einer „Tragödie" (aus der Sicht von Axel und Stoni): Zunächst tut sich gar nichts, wir haben Zeit Angler zu beobachten. Dann ein erstes Knacken. Wir umschleichen das Gelände, um einen besseren Beobachtungspunkt zu suchen. Und da, wieder ein Knacken und tuscheln („Scheiße, was is´n das für Dreck hier!"). Da muss wohl wer in den Schlamm gefallen sein? Wir nahmen das Nachtsichtgerät, um genauer nachzusehen. Noch mehr Gestalten schleichen durch den Sumpf. Plötzlich - ein Knall! Aha da hat wohl einer Edeltraut entj… gefunden. Jetzt raschelte es überall. Auf einer kleinen Halbinsel schleicht jemand in Richtung Wasser und scheint etwas unterm Arm zu haben. Und da, Verfolger - ein Kampf zwischen mehreren Leuten („Gib das Ding her!"; „Nimm die Flossen weg!" usw.). „Platsch" - jemand muss ins Wasser gefallen oder gesprungen sein. Das Kampfgetöse lässt nach. Mehrere Gestalten durchwaten eiligst den Sumpf, andere schwimmen. Uns wird mit Grausen klar, Edeltraut muss tot sein. Sie war aber nicht einfach so gestorben, nein sie ist in diesem Kampf buchstäblich „explodiert" und machte sich in alle Himmelsrichtungen davon. Hagen, der Glückliche, verbrachte die ganze Nacht mit ihren Brüsten. Den linken Arm fanden wir nie wieder, doch die anderen Körperteile tauchten aus verschiedenen Zelten und Kofferräumen wieder auf. Wir wussten nicht, wie wir die Preise vergeben sollten. Es hatten sich aber zwei Mannschaften hervorgetan und wir beschlossen, dass es durch einen Ruderwettbewerb entschieden werden sollte. Wenigstens das ging in Ordnung, obwohl die eine Mannschaft ganz schön abtrieb und erst viel später ins Ziel kam. Die Siegermannschaft bekam T-Shirts mit dem Aufdruck: „Sieger" im Nachttraining; Ich verbrachte erfolgreich eine Nacht mit Edeltraut."

Nach der Preisvergabe, begann dann endlich das Training.

Eindrücke vom Buyu-Camp

21.-23.Juli 2000

Von Jörg Bäthe

Das TAKAI in Holland war frühzeitig ausge-
bucht so das viele Interessenten dieser Veranstaltung fernbleiben mussten. Zum Glück gab es
in diesem Jahr das erste Ninjutsu Budo-Camp in
Deutschland. Das Camp war für das Wochenende
vom 21.07. 2000 bis zum 23.07.2000 geplant.
Der Austragungsort war auf dem Zeltplatz am
Stausee/Pöhl bei Plauen. Ausrichter war Alexan-

der Treuheit. Das Heereslager der Teilnehmer befand sich außerhalb des eigentlichen Zeltplatzes. Hier waren wir unter uns, hatten unsere Ruhe und genug Platz. Morgens wurde man nicht durch schreiende Kinder geweckt. Nachteilig war das abgeschieden sein von den anderen Campern. Dadurch war die Möglichkeit eingeschränkt, Kontakt zu interessierten Beobachtern zu bekommen. Das ein starkes Interesse an unserem Training bestand, merkte jeder Teilnehmer. Wir hatten viele Zuschauer die längere Zeit verweilten und zuschauten. Einige wenige hatten den Mut zu fragen was wir eigentlich machen. Nun aber zurück zum Anfang.

Unsere Anmeldung erfolgte frühzeitig, da eine Teilnehmerbegrenzung von 50 Leuten bestand. Da es das erste Camp dieser Art in Deutschland war, bestanden die verschiedensten Erwartungen. Obgleich ein Sprichwort sagt: „Hege keine Erwartungen, so erleidest du auch keine Enttäuschungen."

Unser Trupp brach bereits am 20.07. auf, um einen guten Stehplatz zu ergattern. Allerdings nicht auf direkten Weg, sondern mit einer Rundreise durch das befreundete Halle. Stephan Z. aus H. an der S. war unser erstes Etappenziel. Ohne Furcht und Tadel gelangten wir auch bald bei Stephan an. Seine Utensilien wurden verstaut und ab ging die Post. Unser Orientierungssinn reichte bis in die Nähe von Plauen. Ab da begann unser Irrflug. Die Ausschilderungen waren ein wahres Gesellenstück. Wer ihnen folgte, kommt nicht an. So drehten wir Runde um Runde durch das schöne Vogtland. Das schöne Land mit seinen zänkischen Bergvölkern, gefährlich schmalen Straßen und den unzureichenden Ausschilderungen. Der Versuch uns mit solchen Tricks auszuschalten, schlug fehl. Irgendwann kamen wir am Zeltplatz an. Ein höflicher Eingeborener wies uns unsere Stellfläche zu.

Wie nun weiter? Immerhin waren wir die Ersten am Ort des Geschehens. Alex kontaktieren, hieß die Antwort. Er war dann auch bald zur Stelle und erläuterte die Modalitäten des Check-In und den besten Weg zum nächsten Supermarkt. Es musste noch Verpflegung gebunkert werden. Sicherheitshalber fungierte Alex als Lotse. Das sollte uns aber nicht daran hindern, einen eigenen Weg zu nehmen. Am Supermarkt angekommen, ergatterten wir einen der großen Körbe und begaben uns ins Getümmel. Allerdings stellte sich auch bald der große Hunger ein. Also erst mal Essen fassen, hieß jetzt die Parole. Aber wo? Glücklicherweise gab es Imbissstände. Schnell wurde das passende gefunden und anständig getafelt. Gestärkt stellten wir uns der

Einkaufsschlacht. Frühstück, Mittag und Abendessen für 3 Tage wurde gebunkert. Auf unseren Exkurs durch die Konsumgesellschaft gerieten wir auch an einen Herrn welcher uns zu einer Bierverkostung einlud. Unser Durst ließ uns nicht lange zögern. Wir tranken gierig die uns dargebotenen Becher bis zur Leere. Ob es geschmeckt hat, weiß keiner. Nun ging es an die Wahl des individuellen Lieblings in Punkto Gerstensaft. Diesem Problem wurde intensive Aufmerksamkeit zu Teil. Eine falsche Wahl könnte das gesamte Wochenende beeinträchtigen.

Zurück im Camp wurden erst einmal ein paar Skatrunden gespielt. Zum Abend hin erschienen die nächsten Teilnehmer. Diese hatten, wie verabredet, einen Grill dabei. Gelobt sei die Zivilisation. Endlich konnte dann auch das Abendessen bereitet werden. Unsere 4 Sterne Meister des Grills machten sich ans Werk und bereiteten ein wohlschmeckendes Menü. Nach Einbruch der Dunkelheit waren ungefähr 25 Teilnehmer des Camps eingetroffen. Bis weit nach Mitternacht saß man in geselligen Runden Zusammen und tauschte Geschichten aus.

Der erste Morgen war kühl und feucht. Erst einmal duschen. Das warme Wasser tat gut. Endlich etwas Warmes nach einer recht kühlen Nacht. Danach wurde ausgiebig gefrühstückt.

Das Training begann am 21.07.2000 pünktlich 10:00 Uhr. Der Trainingsort war eine große Wiese, direkt am Wasser. Die erste Trainingseinheit, welche bis zum Mittag dauerte, wurde von Steffen G. Fröhlich geleitet. Am Anfang standen einfache Bewegungsabläufe und theoretische Erläuterungen zum Thema Koto Ryu Koppo Jutsu.

Es würde den Rahmen sprengen, hier auf Einzelne Techniken und Kamaes einzugehen. Diese erste Einheit wurde von den ungefähr 35 bis 40 Trainingsteilnehmern mit großen Interesse aufgenommen. Das Wetter allerdings, schien nicht sonderlich interessiert gewesen zu sein. Es war kühl und etwas regnerisch.

Die zweite Trainingseinheit wurde von Brin Morgan geleitet. Mein erstes Training unter seiner Leitung. Hier kamen die unterschiedlichen Charaktere der Lehrer deutlich zum Vorschein. Es war ein ganz anderer Stil. Ein Gedanke an das Training im heimischen Dojo und einem realen Kampf drängte sich mir auf. Trainiere mit so viel verschiedenen Leuten wie nur möglich, um möglichst viele verschiedene Charaktere zu erfahren. Dies schult die Fähigkeit, flexibel und schnell eine neue Situation anzunehmen und zu meistern. Im Kampf erkenne ich dann schnell den oder die Menschen, mit denen die Konfrontation einher geht - ihre Stärken, Schwächen, Ängste und Vorlieben. Eine Auseinandersetzung, welcher Art auch immer, wird durch das Erkennen derselben und der richtigen Einstellung zur selben, entschieden.

Erkenne ich weder den Gegner noch kenne ich mich, bin ich verloren. Erkenne ich den Gegner aber kenne ich mich nicht, stehen die Chancen 50 – 50. Erkenne ich den Gegner und kenne ich mich, können tausend Schwerter mir nichts anhaben.

Darum ist es nötig, viel und so realistisch wie nur möglich zu trainieren. Das gilt für alle Dinge in diesem Leben.

Brin Morgan wies auf die Notwendigkeit des realistischen Trainings wiederholt hin. Auch wenn es weh tut, muss dieser Umstand immer wieder berücksichtigt werden! Abgesehen davon wird dabei auch das unerschütterliche Herz trainiert. Etwas Wichtiges im Leben!

Dieses Training war, wie auch die Trainingsparts der anderen Lehrer, von humoristischen und guten bis sehr guten schauspielerischen Elementen unterlegt. Dies war notwendig, um die verschiedensten natürlichen Reaktionen und Verhaltensweisen des Körpers aufzuzeigen. Dies hatte auch die Auflockerung des Trainings und die Aufrechterhaltung der Trainingslust zur

Folge. Diese Sache sollte in den heimischen Dojos weitergeführt werden.

Langsam besserte sich das Wetter. Die Sonne im Herzen schien nun auch am Himmel.

Die dritte Trainingseinheit wurde von Costa Kanakis geleitet. Er musste nun das hohe Level, welches Steffen und Brin vorgaben, weiterführen. Nach anfänglichen Verkrampfungen kehrte eine angenehme Lockerheit ein und das Training bereitete viel Freude und machte Lust auf mehr. Es wurde die Schwierigkeit der rechten Distanz beleuchtet. Die anwesenden Schüler übten ohne Unterlass.

Nach Abschluss der dritten Trainingseinheit und insgesamt 6 Stunden Training, war bei Allen starke Erschöpfung zu spüren. Bei einigen stellte sich die Frage: „Bestreite ich die letzte Einheit oder schau ich nur zu." Viele rappelten sich auf und stellten sich dem vierten und letzten Trainingspart des Tages mit Natascha Morgan-Tomarkin.

Sie schien die Erschöpfung vieler Schüler zu spüren. Ihr gelang es schnell durch ihre Ausstrahlung und schier unerschöpflichen Energie wieder Kraft und Aufmerksamkeit in die müden Körper zu bringen. In ihrem Training zeigte sie die Wichtigkeit der Kamaes auf. Diese sind das wichtigste. Wenn eine Kamae korrekt ausgeführt wird, stimmt dann auch die Distanz und das rechte Timing stellt sich von selbst ein. So bewegten wir uns erst bewusst dann unbewusst von Kamae zu Kamae. Ein wundersames Wirken begann und ein unglaubliches Gelingen mit einem Hochgefühl der Einfachheit stellte sich ein. Seit diesen Training achte ich viel bewusster auf die Sauberkeit meiner Kamaes. Das wundersame Gelingen ist geblieben. Auch hier wurde viel gelacht. Die anwesenden Zuschauer schienen, genau wie wir, in den Bann des Trainings geschlagen zu sein. Interessant waren auch die Ausführungen aller Lehrer zum Humanismus, Lebenseinstellung und Verantwortung des Einzelnen gegenüber seinen Mitmenschen.

Dieser erste Trainingstag fand dann bald, unter großen Beifall, sein Ende.

Jetzt wurden die müden Glieder ausgestreckt und etwas gefachsimpelt. An den Zelten angekommen, gab es erst einmal ein Entspannungsbier. Bei allen machte sich Erschöpfung breit. Trotz dem wurde erst einmal geduscht und dann die Grills in Brand gesteckt. Einige schmackhafte Abendessen wurden bereitet und verzehrt. Entspannte Gesprächsrunden formierten sich. Aber bald schon lagen die „32 Altenburger Trümpfe" auf dem Tisch und es wurde gezockt.

Langsam stieg die Dämmerung mit ihren Mücken zu uns herab. Nun wurde eine kleine Erkundungsrunde über den Zeltplatz gedreht. Vielleicht gibt es einige einsame, liebesbedürftige Frauen? Zu unserem Erstaunen hörten wir Partylärm. Was war das? Plötzlich Erinnerungen! Zwei wackere Mitstreiter erhielten am Nachmittag eine Einladung. Inhalt? Ach ja, frei Liebe für alle! Oder so ähnlich. Also los. Am Ort des Geschehens angekommen, standen wir vor den Partyzelten einer evangelischen jungen Gemeinde. Freie Liebe passee. Wir schauten uns die Geschichte eine Weile an. Allerdings war die Müdigkeit so groß, das wir bald schlafen gingen. Besser war das.

Der Morgen des 22.07.2000 war kühl und etwas verregnet. Allerdings hatten alle so großen Hunger, das keine Notiz vom Wetter genommen wurde. Das Essen war gut. Pünktlich 10.00 Uhr begann das Training mit Natascha. Die Müdigkeit verlies zügig unsere Körper. Jetzt stand verstärkt Waffentraining auf dem Plan. Weiterhin gab es interessante Einblicke in die verschiedensten Bewegungsabläufe und geistigen Grundhaltungen beim Kampf.

Nach Abschluss dieser Trainingseinheit, war Mittagspause. Ich verlängerte die Pause und lies eine Trainingseinheit ausfallen. Ich war noch ziemlich geschafft nach den acht Stunden Trainingsmarathon des Vortages. Die dritte und vierte Trainingseinheit konnte ich dann mit voller Konzentration verfolgen. Dieser Trainingstag hatte es auch sehr stark in sich. Zum Techniktraining gab es sehr viel Wissenswertes zur Historie des Ninjutsu. Auch andere klassische Kampfkünste wurden erklärt. Diesen interessanten Exkurs wohnten viele ortsansässige Urlauber bei. Für einige Zuschauer muss es wie eine Reise in eine andere Welt gewesen sein. Allerdings ging es mir ebenso. In diesen Augenblicken existierte nichts um uns herum. Allerorts wurden die Ausführungen mit Spannung verfolgt. Auf Grund der Fülle der Informationen möchte ich hier keine einzelnen Ausführungen weitergeben da diese aus dem Zusammenhang gerissen würden und sinnentstellt erscheinen würden. Die Teilnehmer des Trainings werden mir sicherlich recht geben.

Nach dem Training gab es dann noch ein Meeting um Fragen und Meinungen zu diskutieren.

Das Motto: Fragen, Meinungen und Selbstbezichtigungen.

Auch dieser Trainingstag ging stark an die Substanz. Nach einer gepflegten Körperreinigung begaben sich alle interessierten Trainingsveteranen zum...Bauern. Das war eine lustige Einsiedelei im Wald. Ein angenehmes Buffet erwartete uns da. Nachdem getafelt wurde, rückten alle zusammen und erzählten sich diverse Schwänke aus ihrer Jugend.

Bald war auch hier Zapfenstreich und wir begaben uns zurück zum Camp. Wie am Abend vorher, wurden in den mitgebrachten Grills Lagerfeuer zum Ausklang des Tages entfacht. Irgendwann nach Mitternacht gingen die letzten zu Bett.

Der Morgen des 23.07. war sonnig. Sonnenbrand war vorprogrammiert. Nach einem guten Frühstück begann das Training. Diesmal war es etwas ruhiger. Aber dennoch sehr interessant und lustig. Nach der Mittagspause stand eine Bootsfahrt auf den angrenzenden See auf dem Plan. Einige Leute blieben im Camp und verstauten schon mal ihr Gepäck oder machten einen Mittagsschlaf. Nach beendeter Bootsfahrt stand noch einmal ein Training mit allen vier Trainern auf dem Speiseplan. Hier trainierten nur noch wenige mit. Die Erschöpfung durch die letzten Tage war jeden Schüler anzusehen. Dennoch hielten die verbliebenen Schüler durch. Zum Trainingsabschluss gab es noch ein Fotoshooting mit allen verbliebenen Lehrern und Schülern.

Dieses Wochenende hat allen Beteiligten viel gegeben und die Entwicklung stark vorangebracht.

Eine weitere Abhandlung zum Thema: Proleten auf Reisen

Von Dorothee Heinz und Jörg Bäthe

In jedem Jahr gibt es für uns zwei Schwerpunkt-veranstaltungen. Zum einen handelt es sich um das jährliche Trainingslager am Bergwitzsee, gestaltet und organisiert von Axel und Stoni und zum anderen die Abenteuer des Yamabushi Dojo Halle e.V. unter dem gnadenlosen Regime von Stephan und Detlef. In diesem Jahr warf diese Veranstaltung seine Schatten weit voraus.

Die Kultur stand bei dieser Veranstaltung hoch im Kurs. Dank des Ideenreichtums von Kristen G. aus K. an der Z. wurde der Plan verabschiedet, das Skatmuseum in Altenburg zu besuchen. Danke. Diese Idee fand breiten Anklang, aber nur wenige hatten die zeitliche Möglichkeit, dieses Ereignis, welches nur dank der Teilnahme des Skatvirtuosen eines wurde, wahrzunehmen.

Bei bester Laune und schönstem Sommerwetter fuhren wir mit dem zartblauen 75 PS Giganten in Richtung Windischleuba mit Zwischenhalt in Altenburg. Als erstes dort angekommen verspürten wir Hunger. Das Auto wurde abgestellt und wir begaben uns durch die Ruinen der Altstadt auf Nahrungssuche. In dieser unwirklichen Region Altenburgs stellte sich uns die Frage: „2000 oder 1945?" Vereinzelt begegneten wir unheimlichen einheimischen Ringern – Thüringern. Sie schienen nicht feindlich gesinnt zu sein, denn auf unsere Orientierungsfragen antworteten sie nicht nur wohlwollend und richtig, sondern auch deutsch. Willkommen in der Zivilisation.

Mit Hilfe der einheimischen Lotsen erreichten wir als erstes die Skatschule. In unmittelbarer Nähe davon befand sich auch schon eine wuchtig-wichtige Sehenswürdigkeit, der Altenburgerskatwichtelbrunnen. Der mitgereiste Köthenerskatwichtelgnom Kristen G. aus K. an der Z. sprach die Absicht aus, den Brunnen sogleich zu erklimmen, um den fehlenden Joker zu mimen. Nach Aussagen des Gnomen wäre ein Aal ein Pelztier gegen die Oberflächenbeschaffenheit des Brunnens – zu glatt. Jeder Versuch wäre zum Scheitern verurteilt. Mehr Zeit für Kultur blieb uns leider in diesem Moment nicht, denn der Hunger trieb uns auf unserer Odyssee durch die Skatmetropole weiter voran, auf der Suche nach geeigneter Labsal.

Am Fuße des Schlosses erblickten wir eine für uns würdige Futterstelle – das Schlosscafé. Kurzerhand wurde ein Balkon mit Blick auf das Schloss annektiert, um sich friedlich niederzulassen. Die holde Tresenfee wurde noch vor der Getränkebestellung freundlich dazu aufgefordert: „Man möge uns ein Blatt bringen. Husch husch und nicht gebummelt." Sie war für kurze Zeit erst einmal perplex und in ihren Augen stand ein Schwall von Ratlosigkeit und sie schien sagen zu wollen: „Haben wir nicht, führen wir nicht und kriegen wir auch nicht wieder rein." Entsetzen in den Augen aller Anwesenden. Altenburg und kein Skatblatt bei Tische? Aber die Dame stürmte davon, kehrte das unterste des Tresens nach oben, um dann mit dem vor Erleichterung strahlenden Gesicht und mit einem Kartenspiel unserer Wahl wieder an unserem Tisch zu erscheinen. Als dies geklärt war, fand sich nun auch die Zeit, das rettende Bierchen zu bestellen. Schnell wurde dann die erste Runde ausgeteilt, und die Sorgen der letzten fünf Minuten waren verflogen. Glückliche Gesichter säumten den Tisch und das wohlbekannte und alle Gemüter beruhigende „achtzehn, zwanzig, zwo..." tauchte den Balkon in Wohlklang. Unser Skatveteran bekam ein Spiel seines Lebens nach dem anderen und machte uns immer nackter. Nach ein paar Spielrunden kam dann das Essen. Gerri und Doro waren so in das Spiel involviert, dass sie keinen Hunger verspürten und so spielten sie so lange Bauernskat. Nach dem Essen folgten die nächsten Bierrunden in der Mittagssonne, die uns auf die Platten schien und uns die Knie weich werden ließ. Nach ca. anderthalb Stunden war das Warm-up für das Trainingslager beendet.

Jetzt wollten wir den Berg erklimmen, auf den man, uns zum Trotze, das Schloss abgestellt hatte. Jeder der vier Mitstreiter hatte den innersten Wunsch, sich von den übrigen drei Gesellen der Tafelrunde tragen zu lassen. Da dies der Wunsch aller war, wurde nichts daraus. Jeder musste mit seinen Gummibeinen selbst klarkommen. So´n Kack.

Nach unendlichen Strapazen erreichten wir endlich den Schlosshof. Das Museum wurde auch bald ausfindig gemacht und zu unserem Erstaunen stimmte das Timing und wir brauchten keinen Eintritt zu bezahlen (und auch sonst gehört sich das so für geborene VIPs – born to be great!). So besichtigten wir also hunderte Jahre Kartengeschichte mit „Bröseke in der Hauptrolle." Es war für uns alle faszinierend, wie viele Arten von Kartenspielen es auf der ganzen Welt gibt. Interessant waren auch die unterschiedlichen Materialien, aus denen sie hergestellt wurden und z.T. auch noch werden (Leder, Holz, Metall, Elfenbein, Plastik, Karton, Papier...). Auch der geschichtliche Hintergrund ist sehr interessant gewesen. Wusstet ihr zum Beispiel, dass im zwölften Jahrhundert in der Region um Nürnberg ein Verbot des Kartenspiels bei Todesstrafe bestand? Solche Banausen. Es gab auch eine Zeit, in der es nicht jeder gesellschaftlichen Schicht erlaubt war, Karten zu spielen. All solche Sachen haben sich zugetragen. Wer mehr darüber wissen will, sollte das Skatmuseum in Altenburg besuchen. Es ist sehr empfehlenswert. Und noch ein Insider (zu denen wir uns jetzt zählen) -Tipp – jeden ersten Freitag im Monat ist der Eintritt aufgrund hoher Arbeitslosigkeit in der Region frei. Gefüllt von neuen Eindrücken verließen wir nun das schlössliche Ambiente, um uns neuen Abenteuern zu stellen. Die sollen uns mal kommen.

Auf dem Rückweg zum Auto wurde erst einmal kollektiv Eis gefasst. Suuuuper lecker. Ätsch. Nochmals an der Skatschule angekommen, wurde diese in Augenschein genommen und für gut befunden. Dies nur mit einer Einschränkung. Wie ihr seht, reist die Kette der Insider-Tipps nicht ab. Kauft lieber Kartenspiele im Museum, denn die Preise in der Schule sind Wuuuucher. Unser Skatguru ließ seiner Skatspielkartensonderausgabensammelleidenschaft freien Lauf und deckte sich erst einmal ein. Unter anderem erwarb er das langersehnte, in seiner Sammlung noch fehlende „Schwertblatt." Dem Kaufrausch war somit Genüge getan.

Unter Drohgebärden unsererseits wurde eine einheimische Skatschwester dazu verpflichtet, uns Helden vor dem Altenburgerskatwichtelbrunnen abzulichten. Danke Schwester, Bröseke sei mit dir. Unser kultureller Ausflug nach Altenburg hatte seinen Höhepunkt und somit sein Ende erreicht. Nun konnten wir uns entfernen. Was wir dann auch taten. Windischleuba wir kommen.

Auf der Fahrt dorthin kümmerten wir uns erst mal um unser seelisches Wohl - wir kauften Bier. Bei unserem Eintreffen in der Jugendherberge erwartete uns ein ach so süßes Schlösschen, das von einem Wassergraben umgeben war. Es lag idyllisch am Ortsrand. Schön. Die Meinung aller Beteiligten war: „Hier kann man es aushalten." Die Taschen, die Waffen und das Bier wurden geschnappt, und durch ein unendliches Labyrinth von Treppen und Gängen empor getragen.

Dank der guten Koordinierung von Stephan wurde aus der Suche des Nachtlagers kein abendfüllendes Programm. Nun wurden erst einmal die Betten, die zu unserem Erstaunen keine Pinkelflecken von Kniebeißern aufwiesen, bezogen, die Kleider gewechselt und natürlich das Bier verstaut. Arbeit getan, nun konnte der Spaß beginnen. Bis zum Abendbrot war noch eine Stunde Zeit. Die schon Anwesenden unseres Zimmers genehmigten sich erst einmal ein lauwarmes Blondes und spielten Skat. Was war nur mit unserem Skatbruder Kristen G. aus K. an der Z. geschehen? Die Glückssträhne war abgerissen und seine Fähigkeiten wurden nun wieder aufs Ärgste auf die Probe gestellt.

Es war Abendbrotzeit. Aber wo die Kantine? Zum Glück fand sich ein Lotse, der uns durch die Irrwege des Schlosses geleitete. Im Essenssaal angekommen fanden wir sogleich ein Schild vor, das den Raum unendlich sympathisch machte. Sinngemäß stand darauf, dass man in dem Raum so viel essen darf wie man schafft. Also nichts mit Zuteilung. Das Essen war gut und reichlich und das Personal sehr nett und zuvorkommend.

Als nächstes stand um 19 Uhr ein Training an. Alles in Schale werfen und los. Stephan und Detlef führten uns zu einem dem Schlossgaben nahegelegenen kleinen Wäldchen mit einer Lichtung. Was uns dort erwartete war erschütternd. Eine Mückeninvasion die seines Gleichen sucht. Es wurde geklopft, geschlagen und getreten. Nichts half. Zum Schluss blieb uns nur noch kratzen. Nicht die Mücken, sondern uns selbst.

Nach der Begrüßung, bei der wir uns als wehrlose Opfer fühlten, begann dann das Training. Als wir fertig waren, den Rasen plattzurollen, übte Detlef mit uns einige Kamaes mit dem Yari. Stephan beobachtete uns und stellte fest, dass wir in diesem Mückengetümmel fast keine Hand mehr frei hatten, um die Waffen zu halten. Er ging einfach weg. Alle mussten glauben, dass er sich das Elend nicht länger ansehen wollte. Aber nein – er war auf der Suche nach einem ungestörteren und damit geeigneteren Plätzchen für unser Training. Und er fand es. Eine nahegelegene Wiese mit weniger Mücken sollte uns nun als Location für unser Training dienen. Alle Anwesenden waren frisch motiviert, obwohl dort nicht viel weniger Tiere heimisch waren. Es folgten nun Yari (Speer) -Techniken. Und es wurde unter der Leitung von Stephan und Detlef wieder geklopft, geschlagen und getreten. Aber dieses Mal nicht die Mücken, sondern wir uns gegenseitig. Ein schönes Training – wie immer.

Nach anderthalb Stunden war diese Trainingseinheit beendet. Die Veranstalter weihten uns nun in das Geschehen des weiteren Tages ein. Ein schmusiges Lagerfeuer sollte entzündet werden. Was braucht man dazu? Natürlich Holz. Und woher kommt das Holz? Natürlich aus dem Wald. Und wer holt das Holz? Natürlich ihr. Kaum war dieser letzte Satz ausgesprochen strömten dreißig Leute wie die Ameisen auseinander. Nach kurzer Zeit sah man keinen mehr. Aber man konnte aus allen Richtungen das Knacken und Zerbersten von altem Holz vernehmen. Richtig unheimlich. Bald darauf kamen vereinzelt Leute aus dem Wald, die Stücke trugen, die in keinem gerechten Verhältnis zu ihrer Körpergröße und ihrem Gewicht standen. Menschenunmögliches wurde getan, um bei einem Feuer den Machenschaften der Mücken Einhalt zu gebieten. Das Ergebnis war ein großer Berg Holz, der es schon einmal erlaubte, ein bisschen stolz darauf zu sein.

In der Zeit, in der sich der Führungskader bemühte, das Feuer zu entzünden (was ihnen auch souverän gelang), hatten alle Teilnehmer die Zeit, sich für den bevorstehenden Lagerfeuerabend incl. Training zu rüsten. Nicht lange später waren dann auch alle wieder versammelt und umzingelten das nun schon lodernde Feuer. Es wurde ein wenig geplauscht und gelacht, um dann wieder frisch und fröhlich dem Training zu frönen.

Stephan und Detlef hatten sich überlegt, auch einmal eine nicht so alltägliche Waffe zu demonstrieren. Und zwar das Netz. Nachdem die beiden einige Techniken demonstriert hatten, fand sich nun für jeden die Möglichkeit, sich an der recht ungewöhnlichen Waffe einmal auszuprobieren. „Gar nicht so leicht", war der Eindruck derer, die es wagten. Auch diese spannende Trainingsrunde fand sein Ende und alle begaben sich wieder zum Feuer. Lange wurde noch am Feuer gesessen und erzählt, Gitarre gespielt, gesungen….

Einige wollten nicht warten, bis sich die Flammen legten und gingen mit der Absicht zur Herberge, sich schlafen zu legen. Aber dort wartete auch schon der unheimliche Kristen G. aus K. an der Z. auf seine Opfer bzw. Mitspieler. Es war kein Entrinnen möglich. Nach einer ausgiebigen Körperhygiene wurden die Karten gegeben und ein Gerstensaft geöffnet. Die Zeit verging wie im Fluge. Alle anderen, die am Feuer gesessen hatten, waren auch schon im Lager einge- troffen. Und somit fand unser Skatgnom nach jedem Ausstieg wieder neue Opfer. Von den Strapazen des Tages geschröpft, dachten sich die meisten unter uns: „Aus die Maus." Allmählich wurde es auf der Stube ruhiger.

Als Thomas G. aus K. an der Z. sich mit männlicher Entschlossenheit zur Ruhe begeben wollte, hatte er die Kastenform des Bettes nicht mit eingeplant. Stiftung Garentest⬛ hatte wieder zugeschlagen und die Form und Länge des Bettes in Bezug auf seine Körpergröße als inadäquat befunden. Diesmal musste kein unschuldiger, lebloser und seinen Launen völlig hilflos gegen- überstehender Gegenstand daran glauben, son- dern seine Unterlippe. Armer, armer Thomas. Und keiner konnte ihm helfen, weil alle so lachen mussten.

Acht Uhr 30 war die Nacht auch schon wie- der zu Ende. Fast alle müden Krieger haben es geschafft, sich aufzuraffen, um das morgendliche Mahl einzunehmen. Es wurde viel und reichlich geschlemmt. Allen war bewusst, dass eine Stär- kung notwendig war, um das Tagwerk zu verrich- ten. Es sollte ein sehr langer und bärenverseuch- ter Tag werden. Gut gelaunt und sorgenfrei nä- herten wir uns der Trainingswiese. Sehnsüchtigst wurden wir von den Mückenschwärmen erwartet, denn diese hatten noch nicht gefrühstückt. Sich als Freiwild zu fühlen, war für uns alle mal eine neue Erfahrung – eine scheiß Erfahrung. Trotz der Plage begannen wir das Training. Am Anfang stand wieder das Yari im Vordergrund. Später wurden dann die Yari-Techniken mit dem Schwert kombiniert. Zum Höhepunkt des Trainings kam wieder Metsubushi (Blendpulver) zum Einsatz. Dieses Pulver, im Original bestehend aus Sachen wie Pfeffer, Eisenspäne oder Glassplittern, wurde dem Gegner ins Gesicht geworfen, um ihn an der Sicht zu hindern. Zu Trainingszwecken benutzten wir Weizenmehl. Eifrigst wurden aus dem Mehl und Alufolie die handgroßen Bomben gebastelt. Nun konnten die Gegner kommen. Und sie kamen dann auch. Aus dem disziplinierten Partnertraining wurde rasch ein Massentraining. Jeder gegen jeden und alle auf einen. Nachdem die 4 kg Mehl artfremd verwandt wurden, mutierte die Ninjutsu-Trainingsgruppe dem Aussehen nach einer Bäckerlehrlingstruppe. Was für eine schöne Schweinerei.

Langsam wurde es Mittagszeit. Nun hieß es wieder einmal Essen fassen. Sauig wie wir waren betraten wir den Speisesaal. Die ausgehungerte Meute fiel über das Essen her, als sollte es das Letzte sein. Immerhin sollten wir am Nachmittag

Bären fangen. Hierzu wurden nach dem Essen durch das Los-verfahren Gruppen von jeweils zwei Leuten gebildet. Allen Teilnehmern wurde nun klargemacht, worum es in dem Spiel geht. Eigentlich sollte nur eine Leiter gebaut, und ein Bär gefangen werden. Notwendig hierzu waren nach Angaben der Veranstalter folgende Eigenschaften: Einfallsreichtum, geschickte Hände und schauspielerisches Talent. Auf alles gefasst und mit dem Leben abgeschlossen, ging es in den Wald. Eine Stunde lang wurde nun überall gesägt, geschraubt, gehämmert und gelacht. Jedes Team hatte nun sein Werk vollbracht.

Nun sollten alle Fallen von den kritischen Augen der Juri beäugt und bewertet werden. Die gesamte Truppe, die sich nun wieder zusammengefunden hatte, begab sich nun auf Wanderschaft, um alle Kunstwerke in Augenschein zu nehmen.

Es war sehr spannend zu sehen und zu hören, wie viele Bärenarten es gibt und wie man diese fangen kann. Bei dem Bären, den Dirk und Alex fingen, handelte es sich um einen unheimlich neugierigen Bären, den man mit einem langweiligen Buch zum Einschlafen bringen kann, ihn dann durch ein umgedrehtes Fernglas schrumpft, um ihn dann mit einer Pinzette in eine Streichholzschachtel zu sperren. Ein gefährliches Unterfangen, bei dem allen Zuschauern der Atem stockte.

Ein weiterer Schocker war das Einfangen des russischen Tanzbären Bruno. Unser Skatwichtelgnom Kristen G. aus K. an der Z. ist auch bewandert in der Kunst des Origami. Mit einer kunstvoll gefalteten Schlinge und einem unter Aufbietung unmenschlicher Kraft gebogenen Astes, stellte er sich in seiner ganzen Herrlichkeit dem Ungetüm. Den Kommandoschrei: „Bruno du Vieh bleib stehen." kannte der Bär anscheinend, und blieb auch stehen. Sein Kampfschrei: „Bruno tanz!!" brachte das Tier so aus der Fassung, dass dieser sich nun ohne weitere Gegenwehr abführen lies. Eine Oskarreife Leistung. Die Lachmuskeln aller Anwesenden wurden auf das Ärgste strapaziert.

Auch der sogenannte Alk-Bär von Matze ist in den Wäldern um Windischleuba heimisch. Ihn, wie auch den artverwandten Hass (Hasseröder) - Bären von Joseph und CKB, fängt man mittels Bierköder.

Weitere Bären möchten wir hier nur einmal aufzählen, denn über alle Fallen detailliert zu schreiben, würde den Rahmen dieser Abhandlung sprengen. So gibt es also noch Naschbären, Honigbären, Koalabären, Coca-Cola-Bären, Orangerote Rüsselbären, Dummbären bzw. Monatsbären und nicht zuletzt den gemeinen Braunbären (Reik).

Bei diesen Ausführungen wollen wir nicht versäumen, zu erwähnen, dass all dieser Artenreichtum der Thüringer Wälder schauspielerisch dargestellt wurde. Das beste Lachmuskeltraining. Aua.

Auch die Leiterbauer wollen wir nicht vergessen. Drei Stufen sollten begehbar sein. Gar nicht so einfach, wie sich zeigte. Die Begehung einiger Konstruktionen ähnelte einem Himmelfahrtskommando. Man denke nur an die Leiter von Steffen und André. Die Bezeichnung „Galgen" statt Leiter wäre treffender gewesen. So jung und schon suizidgefährdet? Dass alle überlebten, grenzt an ein Wunder.

Die Stunden vergingen wie im Fluge. Die Mücken waren nun satt, aber wir hatten Hunger. Eiligst wurde der Grill gezündet. Parallel dazu folgten noch andere abenteuerliche Spielchen. Nachdem sich viele erst einmal ein Bier gönnten, lies das „Große Einschiffen" nicht lange auf sich warten. Ziel des Spiels war es, mit dem Boot eine Runde auf dem Schloss-graben zu drehen. Halsbrecherische Manöver waren die Folge. Jeder Pirat wäre erblasst. Zur Enttäuschung aller, landete keiner in der grünen Brühe. Auch bei diesem Spiel war das Überleben zum Erreichen des nächsten Spieles zwingend notwendig.

Und jetzt sind wir auch schon beim „Eier Schnappen." Anmerkungen für alle Naturschützer: Es wurden Eier von freilebenden Hühnern verwendet! Das Motto dieses Spieles war: Alles ´putschloan! Na ja fast. Ziel war es, sich gegenseitig ein Ei zuzuwerfen und zu fangen, ohne dass es eine Schweinerei wird. Dies über eine Distanz von 10 m hinweg. Und es wurde doch eine höllische Schweinerei. Vor allem in diesem Moment, als ein Ei die Frechheit besaß, vor der Brust eines Kriegers vor hämischer Freude zu zerspringen. Ein tosender Applaus. Und das Ei freute sich zum letzten Mal.

Ernsthafte Bedenken hatten die Frauen vor dem nächsten Spiel – „Damen Weitwurf." Die Männer waren über die Auswahl der Teilnehmer (Gewichtsbeschränkung) sehr erfreut. Aber es kam alles ganz anders. Schüttke und Brösecke (zwei Ober im Skat) waren die Hauptdarsteller des folgenden Spiels. Besagte altbekannte Gestalten galt es zu werfen – und zwar weit. Als Skalierung dienten uns die Gehwegplatten (1 Platte weit = 1 Punkt). Es wurden unmenschliche Kräfte mobilisiert, um die Damen zu schleudern. Jeder nur eine und nur ein Versuch. Wer abrutschte, durfte nicht noch mal. Die Damen sollten nicht sinnlos überstrapaziert werden. Die Ergebnisse waren höchst unterschiedlich. Sie streuten zwischen 9 Punkten und -1 Punkt (auch Dämlichkeit wurde gewertet). Es gab die skurrilsten Haltungsformen, die aber leider nicht bewertet wurden (kritische Anmerkung der Autoren). Diese reichten vom Sterbenden Schwein, über Kniende Ameisen bis hin zum tölpelhaften Storch. Jeder Zoo hätte sein Interesse bekundet. Nur ein Silberrücken war nicht dabei. Schade, schade, schade.

Nach diesen harten und entbehrungsreichen Einlagen, war eine Stärkung und Aufrechterhaltung der Spielmoral zwingend notwendig. Wir mussten etwas essen. Es wurde zum Sturm auf den Grill geblasen. Zum Grill nicht am Grill!!! Mit Genuss und Inbrunst wurden die Würstchen und Steaks verdrückt. Langsam senkte sich die Nacht herab. Das nächste Spiel hieß „Bären aufbinden." Erschütterung überall. Sollte es sich schon wieder um eine Schweinerei handeln? Ein klarer Sternenhimmel schaffte nun das Ambiente für unser, die Bibel verhöhnendes, Highlight. Das Gebot, du sollst nicht lügen, wurde außer Kraft gesetzt. Wir wurden zum Lügen gezwungen. O Gott, wir schämen uns so!

Was nun folgte, sprengte jede menschliche Vorstellungsgabe. Dirk und Alex waren schuld am

Börsencrash in den U.S.A. und am weltweiten Stromausfall. Für Statisten, dies war in den 70ern. Solche Schlingel. Wir wären fast alle Umgekommen.

Steffen und André glänzten mit ihrer schauspielerischen Darbietung zum Thema: „Wie kam das Schloss in Windischleuba zu seinem Geist." Kein Oskarverwöhnter Möchtegernschauspieler wäre in der Lage gewesen, diese Rolle auszufüllen. Selbst uns, den glorreichen einzigartigen Autoren, fehlen die Worte. Ein Schauspiel, das man gesehen haben muss. 100 Punkte – Wahnsinn! Ein Schlachtgetümmel das nicht einmal ein Starregisseur hinbekommen hätte.

Auch zwei Sterne der Poesie gingen an diesem Abend auf und zwar das „Burgfräulein-Kaputtmachteam." „Ode an uns" hieß dieses atemberaubende Machwerk des Künstlers Thomas G. aus K. an der Z. Es kündete von der Herrlichkeit seines Wesens, seiner überragenden Manneskraft und seiner schier unübertroffenen Verträglichkeit des Alkohols. Fast schien es, dass er das Motto des Abends vergessen hatte. Aber alle wussten es, er log. Diese überragende Leistung wurde zu Recht sogar mit Szenenapplaus belohnt.

Stephan und Detlef betonten immer wieder ihre Bestechlichkeit. So kam es, das Antje auf ihren Geburtstag erst einmal ein Körbchen Sekt spendierte. Der Bestechungsversuch ist geglückt.

Die beiden Körperdouble aus Hollywood Joseph und CKB hatten schlechte Voraussetzungen beim Start, denn die Anwesenden wurden an diesem Abend schon ca. 10-mal belogen. Langsam hatten sie die Schnauze voll. Aber trotzdem kann man diese Leistung mit zu den herausragendsten des Abends zählen. Die beiden Kandidaten konnten es sich nicht verkneifen, ihrer exhibitionistischen Ader zu frönen, und zeigten ihre Bäuche. Das dies taktisch klug war, stellte sich erst bei der Preisverleihung heraus. Die Jury hatte ihnen deswegen jeweils 5 Körperpunkte abgezogen und somit sahnten sie den Versagerpreis ab. Eine Packung Sangria.

Da wir nun einmal bei der Preisverleihung sind – Dirk und Alex haben gewonnen. Und dies zu Recht. Es gab kein Spiel, bei dem sie Versagten. Herzlichen Glückwunsch, ihr seid die Besten.

Nach der Siegerehrung begann der gemütliche Teil des Abends. Es wurde gezecht. Haltlos und brachial. Glücklicherweise blieb alles im Rahmen. In dieser Nacht versuchte niemand sein Bett mit seiner Lippe zu demolieren. Allerdings wurde die extrem wendelige Wendeltreppe zu einem herausragenden Problem. Sie entpuppte sich als ein enormes Problem für fast alle Par-

tygäste. Die Stufen waren bucklig und unregel-
mäßig angeordnet. Im Mittelalter gab es leider
keine DIN-Vorschriften. Alles wurde ⬜ x Daumen
+ Fensterkreuz erbaut. Die Wendeltreppe diente
sicherlich als letztes Hindernis für Eindringlinge
auf dem Weg zum jungfräulichen Burgfräulein.
Auch einige unregelmäßige Schwellen hatten
ihre Tücken. Aber die Dummen und Berauschten
haben bekanntlich Schutzengel. Im Großen und
Ganzen blieb das Schloss heile. Auch wurden
keine Ausstellungswaffen als Sammelstücke mitgenommen. Langsam wurde es morgen und wir
berauscht und müde. Nach und nach lichteten
sich die Reihen der Zecher und Brecher. Nur
noch eine Frage stand im Raum. Wer wird wohl
zum letzten Frühstück erscheinen?

Am nächsten Morgen geschah ein kleines
Wunder. Joseph war als erster munter und hung-
rig. Trotz des langen Abends. Es war lustig, die
verstörten Erscheinungen am Morgen zu sehen.
Es war eine lustige Gruselparade. Gesichter wie
Knautschkissen und ein Atem wie der Tod.

Nach dem Essen stand ein letztes Training
auf dem Programm. Für die einen diente es der
Prüfungsvorbereitung und für andere als
Übungseinheit mit dem Kyoketsu-shoge (Kugel-
Ketten-Sichel). Diese Waffe besteht aus einer
Sichel, an der eine 4 bis 6 Meter lange Kette oder

ein Seil befestigt ist. Am Ende dieser Kette oder dieses Seiles befindet sich eine Kugel oder ein Ring als Gewicht. Das Gewicht wurde gegen den Angreifer geschleudert um ihn zu Fall zu bringen. Traditionell wurde diese Waffe zum Beispiel auch eingesetzt, um berittene Krieger von den Pferden zu holen. Mit der Kette wurden sie festgelegt und mit der Sichel wurde der Krieger unsanft in das Reich der Toten verabschiedet. Raue Sitten damals.

Nach ca. ein 1 1/2 Stunden Training stand nun die Prüfung an. Nach leichten Anlaufschwierigkeiten auf Seiten der Prüflinge, kam die Sache dann doch in Schwung. Es gab auch ein paar kleine Fehltritte, die Erheiterung bei den Zuschauern auslösten. Zum Schluss durfte Joseph einen Prüfling mit dem Soft-Jo verprügeln ohne das der Prüfling zurückhauen durfte. Feine Sache! Alle Prüflinge haben sich bewährt und die Prüfung bestanden. Herzlichen Glückwunsch.

Alle Teilnehmer gingen dann zurück ins Schloss, um das letzte Mahl einzunehmen. Danach begann der große Auszug aus den Schlosszimmern. Viele nutzten noch einmal die Möglichkeit, sich einer gründlichen Körperhygiene zu unterziehen. Bald darauf folgte wieder einmal eine große Abschlusszeremonie des Verabschiedens. Alle meinten, es wäre wieder einmal ein lohnendes Wochenende gewesen, und man würde sich das nächste Mal wiedersehen. Auch unsere Erwartungen wurden übertroffen. Großes Kompliment an die Organisatoren. Wir sehen uns wieder.

Operation Fallobst

Von Dorothee Heinz und Jörg Bäthe

Trainingslager Bergwitzsee – Pfingsten 2000

Trainingslager Bergwitzsee zu Pfingsten?

Ob das gut geht? Diese Frage stellten sich alle die zum Trainingslager wollten, aber in den letzten Jahren Pfingsten bei Weib, Wein und Gesang zubrachten. Wie will man da noch ein sinnvolles und für alle Teilnehmer, produktives Training organisieren? Egal, es wird schon irgendwie gehen. Die letzten Jahre waren auch von Erfolg und guter Laune geprägt. Nach ein wenig Überzeugungsarbeit und Terminabänderungen, war bald eine kreative, trink- und schlagkräftige Truppe beisammen. Erstmals die Erwachsenen unter sich. Das Kindertrainingslager fand diesmal eine Woche später statt. Eine gute Sache, da gezielter auf die Bedürfnisse der Kinder eingegangen werden konnte. Vielleicht wird es in den nächsten Jahren so beibehalten. Vorteilhaft für alle Beteiligten. Natürlich können die Erwachsenen ihre Kinder mitbringen. Für die Betreuung und Beschäftigung der Jungninjas ist gesorgt. Wandern, Schlauchbootfahrten und Wasserschlachten gab es in diesem Jahr zu genüge. Die Eltern konnten sich in aller Ruhe dem Training widmen.

Soviel zur Eröffnung.

Wir schreiben Sternzeit 28062000. 10 46. Momentaner Standort: irgendwo in der Galaxis, an einem Rechner mit einer Tasse Grünen Tee mit Kaktusfeigengeschmack. Ein Geheimtipp. Hier schreiben die neutralen Beobachter des intergalaktischen Spektakels „OPERATION FALLOBST", Dorothee H. aus K. an der Z. und Jörg „Joseph" B. aus K. an der Z.

Das Abenteuer, wogegen sich die Geschichten eines Steven King, wie laues Spülwasser lesen, begann für mich zur Sternzeit 09062000. 15 00, mit einem Schreck, und nicht wie bei S. King mit Laber Rhabarber. Der Abfahrtstermin wurde kurzfristig um eine Stunde vorverlegt. Grund war nicht der Überfall durch die Borg, das wäre nicht weiter wild. Nein, es war schönes Badewetter und das sollte noch ausgenutzt werden. Also wurde gehetzt um den neuen Termin einzuhalten. Irgendwie hab´ ich es geschafft. Die Reise konnte zum gewünschten Termin beginnen. Triebwerke des zartblauen 75 PS Giganten gezündet und mit Lichtgeschwindigkeit und guter Laune ab nach Bergwitz. Die Sonne lacht, was macht das schon, wir lieben die Sowjetunion (frei nach CKB). Wir kamen gut voran. Keine grünen Männchen oder galaktische Radarfallen die uns aufhielten. In Bergwitz angekommen, gab es erst einmal eine große Begrüßungszeremonie der, bis dahin, Anwesenden. Als erstes wurde nicht etwa gebadet, wie eigentlich gedacht. Erst einmal ein kühles Blondes gezündet, der 75 PS Gigant auf seine Warteposition verbracht und gemauschelt (Skat gespielt). Langsam wurden die Zelte aufgebaut und die eintreffenden Mitstreiter herzlich begrüßt.

Hier nun betritt der Zivilist Frank B…e aus K. an der Z. die Leinwand des Geschehens. Für sein futuristisches Gefährt war der zugewiesene Parkplatz zu klein. Mittels männlicher Entschlossenheit wollte er einen Baum umfahren. Dieser fand das gar nicht gut und blieb stehen. Kapitän F. B….e fand dies hinterhältig und schwor nie wieder Bündnis 90/ Die Grünen zu wählen. Was die mit seinen Rodungsabsichten zu tun hatten, blieb im Dunkeln. Nicht genug damit, setzte unser Hippie noch einen drauf. Als der Staukoordinator (Parkplatzeinweiser) wissen wollte, wie viele Autos von uns noch zu erwarten sind, lies unser langhaariger Bierschmuggler den Staukoordinator wissen: „Autos kommen keine mehr, dafür aber 15 Hubschrauber." Dem Koordinator fiel samt Farbe, auch seine gute Laune aus dem Gesicht. Wir hatten den ersten großen Lacher. Dieser sollte aber nicht der Letzte sein. Wie immer in Bergwitz. Endlich waren alle versammelt und es stand die Einweisung für das galaktische Abenteuer „OPERATION FALLOBST" an.

Doch wo blieb der unheimliche M Punkt? Eine mysteriöse Person die bald zur meistgehassten Erscheinung des Universums avancieren sollte. Er blieb verschollen. Na gut, gehen wir halt essen. Der Hunger machte sich schon bemerkbar. Nach dem Essen ward M Punkt immer noch in den tiefen der Galaxis verschollen. War er auf der Suche nach neuem Leben und neuen Zivilisationen? Oder wollte er nur seine Ruhe vor uns haben? Die Antwort auf dieses Mysterium sollten wir am Tag der Entscheidungen erfahren. Doch noch war es nicht soweit. Noch stand uns eine ereignisreiche Nacht bevor. Die Nacht des unheimlichen Mr. Frank B....e aus K. an der Z. Die Nacht begann wie fast jede Nacht im Geiste des BUJINKAN. Alle waren guter Laune. Es gab gutes Bier und jede Menge Gesprächsstoff über die Geheimnisse des Kaffee kochen bis zum Sinn und Unsinn des Fußballs. Da sind wir auch schon bei einem Unikat. Nicht Fußball sondern „Kaffee." Hier geht es nicht um eine bestimmte Marke, sondern um eine Person. Eine Person so einzigartig und unumstritten. Manchmal etwas eigenartig und nach einem Bier im Salat. Aber immer mit einer Zigarette oder/und einem Pott frisch gebrühten Kaffee im Anschlag. Er erzählt öfters Witze die keiner versteht oder meckert über das Liebesleben der Ameisen (als ob die auf ihn hören), aber sonst ist er okay. Zu fortgeschrittener Stunde und nach einigen Badegängen im See, begaben sich alle, in Erwartung des nächsten, anstrengenden Tages zur Ruhe. Sie machten das Feld frei für den haltlosen und unbeschreiblichen F. B....e. Er erschien zeitig gegen 02.00 Uhr, mit gelöschter Festplatte und in Begleitung gestörter Existenzen. Sie verlegten ihren Kneipenaufenthalt männlich, kernig zu unserem Lagerplatz. Was für ein Held! Und die gestörten Fußpilzkrieger in seinem Gepäck, a Traum! Sie feierten und krakelten so als wären sie allein im Universum. Solche gottlosen, ach was sag ich sinnlosen F...-Fehler! Irgendwann hatte der Spuck aber ein Ende und wir kamen zu unseren kurzen aber erholsamen Schlaf. Wären nicht alle so müde, hätten die Schreihälse einen körperlichen Verweis erhalten.

Am anderen Morgen ging es erst mal Essen fassen. Auf dem Weg dorthin begegnete uns zum ersten Mal an diesem Wochenende der sagenumwobene M Punkt. Er hat noch seine Schwimmflossen unter dem Arm, denn er ist gerade den reißenden Fluten des Bergwitzsees entstiegen. Nach der Rückkehr vom Frühstück gab es ein mitleiderregendes Bild. Der schreiende Hippie erwachte. Was für ein Elend. Die einhellige Meinung aller Augenzeugen: „ES lebt." Kurz nach der Rückkehr aus dem Delirium machte ein anderer harter Zecher, mit Namen Thomas G. aus K. an der Z. mit Arbeitsplatz in Feindesland, eine böse Entdeckung. Über Nacht hat sich vor seinem Zelt ein Schwarzes Loch gebildet und seine Gerstensaftvorräte auf das Empfindlichste geschröpft. Oder hat etwa der langhaarige von allen Geistern g....e Unhold etwas mit dem unheimlichen Verschwinden des heiligen Saftes zu tun? Erschütterung überall. ES hat! Kurzerhand und männlich clever hat er den Weg zu seinem Lager gespart und die scheinbar herrenlosen Dosen an sich und die mitgereisten Hilfsgermanen, in proletarischer Uneigennützigkeit, verteilt. Au Backe, da hing der Haussegen schief. Allerdings war sich der selbsternannte Samariter des großen Durstes, keiner Schuld bewusst. Was soll es. Jetzt stand Training an. Alle machten mit. Zuerst gab es Koppojutsu. Im zweiten Teil des Trainings stand Ken Kamae no Kata an. Weiterhin folgten einige Schwerttechniken und Bewegungsabläufe mit Henkas. Es war für Anfänger und Fortgeschrittene sehr interessant. Es wurde Allgemeines und Spezifisches zum Aufbau und zur Handhabung des Schwertes im Allgemeinen und für das Ninja To im Speziellen unterrichtet. Dieses erste Training fand reges Interesse bei den Zuschauern. Viele unterbrachen ihr Sonnenbad oder Volleyballspiel, um zuschauen zu können. Es war ein gutes Gefühl ein solches Interesse von Außenstehenden an dieser alten Kriegskunst zu spüren.

Nach ca. zwei Stunden war das Vormittagstraining beendet und es gab das verdiente Mittagessen. Das Essen war in Ordnung. Auf Grund der großen Hitze, gab es eine längere Mittagspause. Jeder nutzte sie individuell. Es wurde gebadet, gesonnt, geskatet und geschlafen.

Noch immer hatten wir Temperaturen um die 33 Grad Celsius. Was nun? Zu heiß für unser Geländespiel. Nach kurzer Beratung wurde der Start auf Sternzeit 10062000.17 00 festgelegt. Vorher erfolgte eine Einweisung in das Spiel. Die dort geschilderten Einzelheiten ließen so manchen das Blut in den Adern gefrieren. Und das bei 33 Grad Celsius Außentemperatur!

Der erste Hammer, die Strecke hat eine geschätzte Länge von 25 Kilometern. Luftlinie! Wohl bemerkt. Die ersten werden nicht vor Sternzeit 11062000. 06 00 im Gulag (Zeltplatz Bergwitz) erwartet. Schnell machte folgender Spruch die Runde. Die Ausrüstung wird zu euch sprechen! Eines war klar, die Ausrüstung muss leicht, die Bekleidung und das Schuhwerk bequem sein. Wichtig war es auch, viel Trinkwasser mitzunehmen. Mindestens zwei Liter. Nur eine Taschenlampe pro Team war gestattet. Welche Verpflegung sollte mitgeführt werden? Welches Verbandsmittel? Sollten im Falle des „verschütt Gehens" im Universum Kondome zur Artbegrenzung mitgeführt oder zur Arterhaltung weggelassen werden? Und wer soll oder darf die Art erhalten? Der Schönste? Also dann Maniküre- und Pediküre-Set einpacken? Oder darf nur der Stärkste die Art erhalten? Also Hanteln einpacken? Oder darf nur der Intelligenteste die Art erhalten? Dann also Teletubbie Comics mitnehmen? Ein Teufelskreis! Wir kommen alle um! Aber es kam doch anders. Ob gleich wir mit dem Sterben nicht verkehrt lagen.

Weiter mit dem interessanten Teil der Einweisung. Die erfolgte im Stil einer Schlachteinweisung mit Karte, Kompass und der Erläuterung und Übung des Kodierverfahrens, mit dessen Hilfe wir uns im Gelände zurechtfinden mussten. Laut Plan erhielten die Teams per SMS kodierte Geländepunkte, welche mit Hilfe der mitgeführten Kodier/Dekodiertabelle entschlüsselt und dann mittels Karte und Kompass ermittelt und dann erreicht werden mussten. Das erklärte Ziel dieses Marsches war es, alle Beteiligten erst an den Rand der seelischen und körperlichen Erschöpfung heran zu führen und dann darüber hinaus. Das mag jetzt abartig klingen, es ist aber mal gut zu sehen was man abkann und zu was der Körper und die Seele wirklich fähig sind. Das ist mehr als wir uns vorstellen!!! Noch etwas zum Organisator der Geschichte, dem unheimlichen M Punkt. Er war Ausbilder bei den Fallschirmjägern und weiß genau was er tut. Zu guter Letzt ist das SHUGENDO DOJO für derlei „Spielchen" bekannt. Nicht nur im Sommer auch im Winter. Ebenso Ninja/Kunoichi getreu wie möglich.

Nun aber zu dem Auftrag den wir erfüllen sollten. Es war nicht Sinn und Ziel, stumpf durch die Pampa zu irren, um Füchse zu beobachten. Die Beteiligten wurden in zwei große, gegnerische Truppen aufgeteilt. Diese teilten sich nochmals in jeweils zwei kleinere Trupps, um den drohenden Auftrag besser erfüllen und eine Festnahme durch den Gegner besser entgehen zu können. Folgenden Auftrag galt es nun zu erfüllen. Im Planquadrat X Y ist ein Spionagesatellit abgestürzt. Dieser hat Aufnahmen von feindlichen Truppenbewegungen gespeichert die für beide Seiten interessant sind. Die aufgeteilten Trupps sind Sonder- und Spezialeinheiten, die hinter den gegnerischen Linien abgesetzt wurden, um den Satelliten samt Bildmaterial zu bergen und zurückzuschaffen.

Jetzt konnte die Höllentournee beginnen.

Wir wurden mittels PKW ca. eine Stunde kreuz und quer durch den schönen Wald in Sachsen/Anhalt gekarrt um dann irgendwo an einer Bundesstraße ausgesetzt zu werden. Das hätte wir auch einfacher haben können. Hier sollten wir warten bis wir wiederaufgenommen und zum endgültigen Bestimmungsort gebracht werden. Na gut. Warten wir mal, lange kann das ja nicht dauern. Hier kam die erste Überraschung. Wir warteten und warteten. Wie Pik 7 auf Bahnsteig acht. Nach einer guten Stunde wurden wir wieder abgeholt. Weiter ging es über irgendwelche Schleichwege die nie einen Menschen sahen, Richtung Nirgendwo. Endlich erreichten wir unseren Bestimmungsort. Was war das für eine elende Gegend? Selbst als Baum würde ich hier nur sterben wollen! Waldmeer, Sandmeer, nichts mehr! Dort angekommen, wurde noch einmal die Funkverbindung getestet. Das Ergebnis war erschütternd und es mahnt das Handy gab es bekannt: Keine Funkverbindung im ganzen Land.

Was nun? Sollen wir das Unternehmen abbrechen? Wir bekamen die Order von einem anderen Standort aus es noch einmal mit der Funkverbindung zu versuchen. So begannen die ersten zwei Kilometer unseres Martyriums. Nach längerem Suchen fanden wir dann auch ein Geländeabschnitt im Niemandsland, der eine Funkverbindung gestattete. Hier nun angekommen, warteten wir abermals vierzig Minuten auf die ersten Koordinaten. Die Zeit verging und mit ihr auch die Geduld. Sollten wir den geheimnisvollen Umschlag öffnen den jedes Team mit sich führte?

Oder befolgen wir den Auftrag und öffnen diesen nur auf Weisung des Führungsstabes? Nach Ablauf der Wartefrist bekamen wir per Funk die Weisung den geheimen Umschlag zu öffnen. Dieser enthielt folgenden vernichtenden Inhalt.

„Es gibt kein Bier in diesem Wald, es gibt kein Bier. Wir schafften es weg von da, jetzt ist es hier!"

Liebe Leser! Bitte entschuldigen Sie die Entgleisung unseres haltlosen Autors. Doch was einmal genetisch versaut ist, kann man durch Prügel allein auch nicht mehr richten.

Weiter mit der wahren Geschichte.

Die Nachricht hatte folgenden Inhalt:

Durch einen Navigationsfehler des Piloten wurde Ihre Gruppe im falschen Planquadrat abgesetzt.

Außerdem hat der Wind Sie und ihr Gepäck in verschiedene Landezonen abgetrieben.

Stellen Sie daher zuerst ihren Standort fest und übermitteln Sie diesen verschlüsselt an die Einsatzzentrale per Funk (SMS).

Benutzen Sie dazu die anderen im Umschlag enthaltenen Unterlagen.

Anmerkung: Sie brauchen nicht festzustellen wo Sie abgesetzt wurden. Ich brauche nur die aktuellen Koordinaten ihrer Gruppe.

Sollten Sie oder jemand aus ihren Team vermisst, gefangen oder getötet werden, so werde ich die betreffenden aus den Personalkarteien entfernen und bestreiten, Sie je gekannt zu haben. Offiziell gibt es weder Sie noch diesen Auftrag.

Viel Erfolg

Nach dem alle Mitstreiter des Himmelfahrtskommandos das Schreiben mit Grauen gelesen hatten, warteten wir gespannt auf die in fünf Sekunden erfolgende Selbstzerstörung. Diese blieb aus. So'n Kack!

Wir ermittelten unsere momentane Position und schickten diese an die Zentrale.

Kurze Zeit später erfolgte die Rückantwort und es begann das lustige Spiel „Wie entschlüssele ich richtig." Es dauerte ungefähr 15 Minuten bis wir wussten, was die Einsatzleitung von uns wollte. Aha, wir sollten uns zum Punkt „XY" begeben. Wir machten unsere „Socken scharf" und trabten los. Wir hatten gute Laune und kamen auch zügig voran. Am Zielpunkt angekommen war es bereits 20.30 Uhr. Nun warteten wir abermals auf neue Zielkoordinaten. Wir warteten und warteten.

Nun stellte sich die Frage: Wie geht es den anderen?

Das gegnerische Team hatte ebenfalls den Auftrag einen vorbestimmten Zielpunkt zu finden. Dies taten sie auch mit der ihnen eigenen Geschicklichkeit. Auch hier war es schon gegen 21.00 Uhr, als sie dort eintrafen. Hier mussten sie dann auch warten. Eine gute Stunde ging ins Land und es kamen Zweifel an der Führungsqualität der Einsatzleitung auf. Nicht nur das, auch der Hunger meldete sich. Es war nicht der Kleine! Die letzte Mahlzeit gab es gegen 12.30 Uhr. Die Reiseverpflegung bestand auch nicht aus einen vier Gänge Menü. Gegen 22.00 Uhr erhielt die Truppe ihre neuen Koordinaten. Diese bestimmten den Ort ihrer Verpflegung. Neuer Mut war da und es ging der Verpflegung entgegen. Dank der Koordinaten hatten sich die beiden Halbgruppen des gegnerischen Teams am gegebenen Punkt getroffen, um den restlichen Weg gemeinsam zu bestreiten. Als das Team am Bestimmungsort der

Verpflegung eintraf, fand es lediglich Wald vor. Sollten sie Baumrinde essen oder einen Hirsch erlegen? Oder vielleicht durch das Losglück entscheiden wer geopfert wird?

Der Grund war einfach und niederschmetternd. Weit und breit gab es keine Verpflegung. Was war geschehen? Telefonische Rückfragen bei M Punkt brachten es an den Tag oder besser an die Nacht. Das Team erhielt versehentlich die falschen Koordinaten. Eine Berichtigung des Fehlers wurde ignoriert. Was nun? Die bereits falsch gelaufenen Kilometer zurück? Nun trat Plan B in Kraft. Das Team wurde zu einem anderen Punkt geleitet und die Verpflegung per „Helikopter" (LADA Nova) nachgeführt. Sie hatten es 02.10 Uhr. Guten Appetit!!!

Wie erging es zwischenzeitlich der anderen Truppe?

Auch sie machte sich auf den Weg zum Essen fassen. Glücklicherweise hatten wir richtige Koordinaten, aber sehr starke Dunkelheit. Ja, man kann sagen Blindheit. Unser Verpflegungsort war nach einem gut zweistündigen Marsch, quer durch den anhaltinischen Wald und der sich anschließenden Tundra - ein idyllischer See - erreicht. Schön. Aber wo suchen? Nun trat das Urgestein, Fährtenleser und Fotospezialist „Linde" auf den Plan. Er trinkt auch gerne Bier und fährt viel Fahrrad. Aber das nur am Rande.

Linde hat sein Nachtsichtgerät und andere Utensilien dabei, die uns noch sehr hilfreich sein sollten. Er machte sein Okular scharf und erkannte, ungefähr 10 Meter vom Ufer entfernt, ein Gegenstand welcher einem Schlauchboot sehr ähnlich war, Das könnte die Verpflegung sein. Nicht das Boot! Dass was da drin war! Wie aber an das Boot rankommen? Probleme über Probleme. Einer musste schwimmen. So recht wollte keiner. Da meldete sich der Hungrigste. Henry. Bekannt auch unter seinem Titel König Henry der I. von Rabenstein. Er legte einen perfekten Strip hin und enterte das Gefährt. Der Rest ist schnell erzählt. Die ausgehungerte Meute machte sich über die Wegzehrung her und vertilgte sie sogleich. Wir hatten es 00.20 Uhr. Noch dazu fanden wir überdachte Bänke vor, die gleich in Beschlag genommen wurden. Hier saßen wir nun und harrten der Dinge. Es wurde 01.00 Uhr. Aber keine neue Nachricht erreichte uns. Bei einigen machte sich Müdigkeit breit und geschlossen wurden die Köpfe auf die Tischplatte gebettet, etwas mehr zusammengerückt um etwas zu dösen. Wie viele Kilometer hatten wir schon zurückgelegt? 20, 25, 550? Egal, etwas dösen ist nicht verkehrt.

Einige konnten nicht dösen und heckten einen diabolischen Plan aus, der die Zustimmung aller Anwesenden fand. Schicken wir doch dem Feind falsche, verschlüsselte Koordinaten. Führen wir sie doch noch mal 20 Kilometer weiter vom Zeltplatz Bergwitz weg! Gesagt, getan. Weitestgehend waren die Geister wieder wach. Jeder gab sein Bestes zum Erstellen dieses Gesellenstücks an Gemeinheit. Bei der Abschlussbesprechung hieß es, alle Mittel zum Erreichen des Zieles sind zulässig. Angehende Ninjas sind nun mal wie das Leben, „hart aber ungerecht!" Manchmal auch betrunken. Aber das ist wieder etwas anderes.

Als das Ziel der Verschaukelung feststand, ging es ans verschlüsseln. Dies geschah mit großer Hingabe. Als auch dies beendet war, ging die Nachricht auf Reisen und wir aus Schadenfreude in die Luft!

Unser Plan schien aber doch nicht so genial gewesen zu sein, denn die andere Truppe stellte fest, dass der Schreibstil unserer Nachricht nicht dem entsprach, den die Einsatzleitung zu benutzen pflegte. Dieser Betrugsversuch flog also auf. Schade, schade, schade. Dies lässt den Schluss zu: Ninjas lassen sich nicht so einfach „ein Ei auf die Schiene nageln."

Sternzeit 13062000. 02 10

Endlich erreichte uns mal wieder ein Lebenszeichen aus der Heimat, sprich von der Zentrale. Wir sollten uns mal wieder, über unseren eigenen Standort klarwerden und dies der Zentrale melden. Dies taten wir prompt. Genauso prompt erreichte uns ein Anruf der Zentrale. Zukünftig sollten unsere Bestätigungen unverschlüsselt gesendet werden. Die Zentrale war zwischenzeitlich überfordert. Toll! Wir im dunklen Wald, ganz allein und voll am Arsch. Was soll's. Weiter geht's. Die neuen Koordinaten schickten uns wieder in den dunklen, anhaltinischen Märchenwald. Händchenhaltend ging es der nächsten Aufgabe oder dem Untergang entgegen. Nach ca. einer Stunde kamen wir an ein Dorf. Endlich Zivilisation! Die Truppe wollte den Weg durch das Dorf nehmen. Vielleicht hat ja noch eine Gaststätte geöffnet und wir können ein Bier trinken. Weit gefehlt! Jetzt schlug die Stunde von Henry dem Scout. Er schaute auf die Karte und fand eine Abkürzung. Und was für eine! Eine Ehrenrunde ums Dorf und ab in den Wald. Eine Frage kam auf. Ist er Menschenscheu?

Also weiter auf „Schusters Rappen", dem Wahnsinn entgegen. Die Orientierung war nicht mehr gegeben. Jede Schneise sah gleich aus. Jeder Baum schien über uns zu lachen und jeder Strauch schien zu sagen: „Man seid ihr blöd!" Die Sterne versteckten sich hinter den Wolken. Sie wollten sich das Elend nicht mehr antun. Wir auch nicht mehr und trachteten unserem Scout nach dem Leben. So ein sinnloses Unterfangen. Henry lief 10 Meter vorne weg, da kam keiner hinterher. Irgendwann hatte das Schicksal ein Einsehen und wir fanden, wie durch Geisterhand auf den rechten Weg.

Obgleich alle Wandersleute schon auf den Felgen kauten, hatte die Natur ein Einsehen und spendierte uns ein wunderschönes Schauspiel. Langsam ging die Sonne auf. Wir hielten inne und betrachteten dieses Ereignis. In diesen Moment schien jeder in einer anderen Welt zu weilen. Die Gedanken schienen identisch. Die Welt ist wunderschön. Die Menschen sollten sich öfters solche Dinge anschauen.

Nun aber weiter im Text. Schließlich wollen wir auch noch mal ankommen. Also die Socken scharfgemacht und weiter dem Sonnenaufgang entgegen (Hört sich wirklich schön an, aber wenn ihr der Sonne entgegen gelaufen wärt, dann hättet ihr den Zeltplatz noch nicht erreicht. Kleine Anmerkung von Doro). Nachdem wir die nächsten Koordinaten erhalten hatten, wähnten wir uns auf dem richtigen Weg. Nach weiteren 2,5 km kamen wir auf die B2. Nun hieß es grobe Richtung „Ochsenkopf." Einige entgegenkommende Autos grüßten uns.

Irgendwann entschloss ich mich, keine Lust mehr zu haben und wollte mich per Auto, abholen lassen. Diesen Gedanken teilten mit mir noch zwei weitere fußkranke Mitstreiter. Der erste Gedanke hieß trampen. Niemand hielt an. Wie auch, es kam keiner weiter vorbei. Was nun? Also erfolgte ein Anruf bei M Punkt. Unser Ansinnen, gefahren werden zu wollen, stieß bei M Punkt auf Unverständnis. Warum habt ihr keine Lust mehr zu laufen? Ich dachte mir läuft ein Ei aus! Wir können wir uns nur anmaßen, nach 10 Stunden Fußmarsch, keine Lust mehr zum Laufen zu haben? Wir sind vielleicht ein paar Spielverderber. Nach wiederholtem Drängen erfuhren wir, dass wir frühestens in einer Stunde, dass währe gegen 06.00 Uhr, abgeholt werden können. Wo treibt ihr euch rum? Sie waren auf dem See und brachten die Boote in Stellung.

Also weiter bis zum „Ochsenkopf." Dort angekommen hatten wir das nächste grausige Erlebnis in Form eines Wegweisers. Dieser verkündete stolz noch 17,5 km bis Bergwitz! Schluss! Aus! Ende! Wir bleiben. Und wenn wir einschneien! Der Rest der Truppe wollte es wissen und ging weiter.

Indes begab sich die feindliche Truppe zum Punkt ihrer verschlüsselten Koordinaten. Dort angelangt hofften sie, die Nachricht zu erhalten, sich endlich auf direktem Weg zum Bergwitzsee begeben zu dürfen. Weit gefehlt. Nach 40 Min. dann die erschütternde Nachricht. Statt die lächerlichen 5 km nach Norden zum See zu laufen, hieß es 5 km nach Westen. Dies bedeutete einen nicht zu verachtenden Umweg. Die Nerven schwanden und die Lust nicht minder. Die 11 Mann starke Truppe minimierte sich auf 2 Leute, die gewillt waren, sich den Launen des Führungsstabes auszusetzen. Dirk und Dorothee. Da die Zeit durch die Warterei nun langsam knapp wurde, und der Anreiz vorherrschte, vor oder mit der anderen Truppe am „Satelliten" einzutreffen, blieb nur noch die eine Möglichkeit – Luftlinie. Mit Karte, Kompass, neu gewonnenem Antrieb und Wut im Bauch (MfG Doro) ging es dann los. Im Stechschritt über Stock und Stein (eigentlich besser: über Brombeeren, Bäche, Hügel und durch Sträucher und Senken). Am Koordinatenpunkt angekommen, ging das große Suchen los. Nichts. Nach Anfrage bei M Punkt dann wieder eine aufreibende Nachricht. Falsche Koordinaten – Upps! – Tschuldigung – passiert (nach späteren Gesprächen zufolge, ging es der anderen Gruppe nicht besser). Die neuen Koordinaten waren zu

Glück nicht allzu erschütternd. Nur 1 km nach Norden. Geht ja noch. Hätte ja schlimmer kommen können (was uns nicht gewundert hätte). Mit neuem Ziel und neuem Mut stürzten wir dann weiter. Eine große Lichtung war unser Ziel. Unser Ankommen dort war zeitgleich mit der anderen Gruppe. Was für eine Wiedersehensfreude. Man tat fast so, als hätte man sich Jahre nicht gesehen.

Da fehlt doch noch was – ach so ja – das wichtigste, der Gegenstand des langen Sehnens, der „Satellit." Es handelte sich um eine Metalltonne in der sich zwei 20 kg-Gewichte und eine Rauchbombe als Falle befanden. Entschärft wurde diese Bombe, die aus zwei Rauchbomben in zartem orange und einer Rattenfalle in filigraner Kleinarbeit gefertigt wurde, durch den selbstlosen Einsatz von Dirk. Danke, wir wären sonst alle umgekommen.

Nun wurden Rachepläne geschmiedet. Irgendetwas musste noch kaputtgehen. Da der verlässlichste Mensch in diesen Angelegenheiten Thomas G. aus K. an der Z. und Tester von Stiftung Gahrentest® leider nicht zugegen war, blieben wir uns völlig selbst überlassen. Unsere Hoffnung galt nun einer Übungshandgranate, die Dirk eigens zu Dummheitenzwecken mit sich führte. Jeglicher, in Stunden angestauter, Frust

wurde nun an der Tonne ausgelassen. Krawuuu-
um!!!!!!!! Und plötzlich – der Frust war weg.
Dann ein riesen Gejohle, als der Deckel der Tonne, den es ca. 12 m in die Luft geschleudert hatte, sich langsam wie eine Frisbee-Scheibe wieder
der Erde näherte.

Für Thomas G. wäre es wie Weihnachten
und Ostern an einem Tag gewesen. Als sich die
Rauchwolke und unsere Freude darübergelegt
hatte, wurde schon darüber nachgedacht, eine
Schweigeminute für Thomas G. einzulegen. Aber
Faxen – keine Zeit für solche Nichtigkeiten.

Nun hieß es dieses technische Kunstwerk
(mit Beule), zum Zeltplatz zu bugsieren. Dies waren noch einmal 5 km Wegstrecke. Allerdings
mussten unsere Krieger den See mit den Booten
überqueren. Was für Agenten! Ihre Majestät
wäre stolz.

Nun aber zurück zum „Ochsenkopf" wo die
drei gestrandeten Existenzen auf ihren Fahrer
warteten. Nach 40 Minuten traf dann auch der
Abholdienst ein und brachte die lust- und glück-
losen Helden zum Camp. Dort angekommen,
wurde erst einmal ein Bier „geköpft." Das tat
Not. Als nächstes erfolgte eine Ganzkörperkulti-
vierung. Fließendes, warmes Wasser. Welch Er-
rungenschaft der neuen Welt. Bald war auch dies
erledigt und wir fanden uns zur Lagebesprechung

am See ein. Kurze Zeit später trafen auch die nächsten verstörten Fußgänger ein. Sie wirkten teilweise apathisch. Sie sagten kein Wort. Sie sahen Axel und tippten sich nur mit dem Zeigefinger an die Stirn. Er verstand und verschwand in seinem Hauszelt um kurz darauf mit einigen Bierdosen wieder zu kommen. Eine weise Entscheidung. Dies wurde mit Genugtuung zur Kenntnis genommen. Langsam kehrte wieder Leben in die Kadaver ein. Jetzt nahm man auch die geschwollenen Füße zur Kenntnis. Was haben wir eigentlich in den letzten 12 Stunden getan? Was war das eigentlich? Mit Sicherheit keine Orgie bei welcher der Verstand abhandengekommen ist! So recht begreifen wollte es ohnehin keiner. Stattdessen wollten einige wieder Skat spielen. Nur vergessen.

Mittlerweile war es 07.40 Uhr. Es fehlten immer noch die „Durchhalter." Diese trafen gegen 09.30 mit den Booten ein. Sie hatten unter großen Applaus am anderen Ende des Sees die zwei Rauchbomben gezündet. Auf der Insel durfte dann auch noch eine Rettungswarnrakete daran glauben. Das war wie Pfingsten in Flandern.

Nachdem endlich alle Krieger in der Heimat angekommen waren, konnte der normale Zustand wieder Einzug halten. Es wurde Bier getrunken, Karten gespielt und M Punkt verflucht.

Und alles gegen 10.00 Uhr. (Wer um diese Zeit schon Bier trinkt, befindet sich im Sozialen Aus.) Anmerkung des Verfassers.

Einige versuchten es mit etwas Schlaf. Da es sehr laut war, wurde dieses Unterfangen schnell aufgegeben. Es folgte nun eine Diskussionsrunde, bei der alle Beteiligten die Eindrücke der Nacht noch einmal Revue passieren lassen konnten. M Punkt stand im Kreuzfeuer der Kritik. Es gab viel Tadel aber auch viel Lob. Einstimmigkeit gab es nur darüber: Es war mal etwas ganz anderes.

Anerkennend möchten wir im Namen aller Teilnehmer sagen:

Danke M Punkt!!!

Langsam war es auch Mittagszeit. Nach einer Mittagspause und einem entspannenden Bad im See, wurde die BUJINKAN Party vorbereitet. Pünktlich zum Partybeginn, setzte der übliche Regen ein. Zum Glück hatten einige Campingplatz Architekten ein großes Dach aus Zeltplanen konstruiert. So blieb alles weitestgehend trocken. Der Grill wurde angeworfen, Bier verteilt und auch getrunken, sowie reichlich dummes Zeug gelabert. Das war verständlich. Nach dem Marsch hatten alle nur noch einen feuchten Keks im Kopf.

Trotz der Müdigkeit wurde es ein langer Abend.

Was trieben eigentlich die heimgebliebenen Babysitter? Trixi und Bummelloff, so wurde Frank B. aus K. an der Z. „liebevoll" von den Kindern genannt, hielten die Plagegeister auf trapp. Schlauchbootpartien und Wasserschlachten standen für die Kniebeißer auf der Tagesordnung. Sie lernten viele interessante Dinge. Auch hat sich der Sprachschatz der Plagegeister erheblich weiterentwickelt. Redewendungen wie „Ei jei so'n Kack", sind festes Repertoire bei ihnen geworden. Weiterhin haben sie mein Schlauchboot zur Sau gemacht. Herzlichen Glückwunsch.

Am Montag erfolgte ein letztes Training mit Prüfungen. Diese liefen ordentlich ab. Nach dem Mittagessen wurde zusammengepackt und die Heimreise angetreten.

Die Mulde

Von Tino Sachse

Intro

Ein Morgen mit tiefhängenden Wolken. Nieselregen erzeugte ein seltsames Geräusch auf dem Wasser. Der Fluss strömte breit und träge in seinem Bett, gurgelte in den Ästen gestürzter Bäume, Blätter trieben in den klaren Fluten. Ein Reiher am Ufer schaute verwundert auf das vorbeigleitende Schlauchboot. Die drei Leute darin hatten es sich so bequem wie möglich gemacht und genossen den eigenartigen Reiz der umliegenden Auenlandschaft.

Leider würde sie, in spätestens zwei Stunden, die Stadt Dessau empfangen und ein traumhaftes Wochenende würde seinen Abschluss finden.

Vorspiel

An einem Abend im VT-Club, wo sich öfters nach dem Training, einige Leute aus dem SHUGENDO DOJO treffen um noch zu quatschen und noch etwas zu trinken, fragte mich Henry, der ja nie ausgelastet ist, ob man nicht mal wieder irgendwas unternehmen könnte. Vielleicht die lange geplante Bootstour? Und da ich ja für solche Sachen auch immer etwas übrighabe, legten wir gleich einen Termin fest. Das Wochenende vom 24. bis zum 26. September sollte es sein. Fehlte nur noch der passende Fluss. Uns fiel ein das MPunkt im letzten Trainingslager mal was von einer tollen Tour auf der Bode sagte. Hörte sich gut an, mal so durch den Harz fahren, mit manchmal ein wenig wilderem Wasser und toller Landschaft.

Axel gab mir dann die Telefonnummer von MPunkt und ich versuchte dann tagelang ihn zu erreichen. Aber jedes Mal war nur ein ganz seltsamer Anrufbeantworter dran, den kein Mensch verstehen konnte. Irgendwann bekam ich dann mit das sich da ein Zahlendreher eingeschlichen hatte. Axel besaß die Nummer, aus dummen Zufall aber auch nicht mehr. Nun war guter Rat teuer. MPunkt wohnt irgendwo im Harz aber keiner weiß wo.

Nach vielen Verwicklungen erhielt ich die Telefonnummer doch noch. Aber leider konnte MPunkt zu diesem Termin, wegen eines Fallschirmsprunglehrganges, nicht mitkommen und die Bode führte auch nur wenig Wasser. Schließlich sollte das Boot uns tragen und nicht umgekehrt. Schade eigentlich.

Was nun? Dienstag, drei Tage vor dem Aufbruch, studierten wir Landkarten und einigten uns auf die Mulde zwischen Jessnitz und Dessau.

Als nächstes sagten uns einige Leute, dass sie nicht mitkommen könnten. Noch mal Schade eigentlich. Nun waren wir noch zu dritt. Na ja, muss ich halt nur ein Boot holen und die Fahrerei würde sich auch einfacher gestalten.

Am Donnerstag lieh ich ein Schlauchboot aus dem Tauchclub „Triton" in Köthen aus.

Freitag 16,00 Uhr ging es los. Dorothee und ich trafen uns bei Henry, verstauten unsere Sachen und fuhren nach Dessau. Dort stellten wir ein Auto ab und weiter ging es nach Jessnitz, dem Einsetzort.

Der Alte

Am Jeßnitzer Muldewehr wollten wir unser Boot zu Wasser lassen. Allerdings mussten wir dazu über einen Platz, auf dem Teile einer Spundwand lagerten. Davor stand ein provisorischer Baustellenzaun. Da niemand mehr da war den man hätte um Erlaubnis fragen, mussten wir es eben ohne durchtragen.

Ein paar Kinder waren auch da und pflückten Äpfel auf besagtem Platz.

Gerade waren wir dabei das Boot aufzupumpen, da kam ein älterer Mann auf einem Fahrrad, hielt an und fing an fürchterlich zu schimpfen: „Alles mach'n se hier kaputt. Das jeht doch niche. Da sin doch iwwerall Schilder dran." usw. Dorothee wollte den Mann beruhigen, wurde aber einfach ignoriert. Also nahmen wir an er meint die Kinder, die wiederum den Alten völlig links liegen ließen. Nach dem er eine Weile, scheinbar gewohnheitsmäßig und von allen missachtet, vor sich hin gemeckert hatte, schwang er sich wieder auf seinen Drahtesel und fuhr Richtung Altjeßnitz.

Taufe

Nachdem das Boot aufgepumpt war trugen wir es samt unserer Ausrüstung zu einer Kiesbank unterhalb des Wehres. Ein Stück des Wehres war eingestürzt und das Wasser stürzte mit aller Gewalt durch die entstandene Lücke. Es war schon beeindruckend.

Nachdem wir unser Gerödel geordnet hatten schritten wir zum Akt der Schiffstaufe. Feierlich rissen wir drei Dosen, aus unseren spärlichen Biervorräten, auf. „Hiermit taufen wir dich auf den Namen „Orangerotes Gummiboot" und wünschen dir immer eine Handbreit Wasser unter dem Kiel." Dann gossen wir vorsichtig etwas Gerstensaft auf das Boot.

Dorothee stellte ein wertvolles Fotodokument, zu diesem denkwürdigen Ereignis her.

Abfahrt

Nun hieß es sich sputen, denn wir wollten vorm Dunkel werden noch ein Stück des Weges schaffen und die Sonne ging schon langsam unter.

So brachten wir dann „Orangerotes Gummiboot" zu Wasser und verluden die Fracht, sprich unser Gepäck. Dann verstauten wir uns selbst und legten ab. Auf Wiedersehen Jessnitz, Dessau wir kommen!

Die Strömung packte uns und riss uns mit. Mit unseren Paddeln hielten wir den Kurs. Schnell verloren wir das Wehr aus den Augen.

Hinter Jessnitz wurde der Fluss breit und ruhig. Wir konnten uns entspannen. Die Dämmerung senkte sich und Myriaden von Mücken tanzten über dem Wasser. Gott sei Dank waren es keine Stechmücken, aber sie machten einen ganz schönen Krach. Es klang wie Formel 1, wenn man den Fernseher leise stellt.

Die erste Nacht

Kurze Zeit später kamen wir zu einer Stelle, die für ein Nachtlager wie geschaffen schien. Unter zwei alten Weiden, vom Hochwasserschutzdamm vor dem Wind geschützt, war es ein schönes, trockenes Plätzchen über dem Fluss. Bald hatten wir das Boot aus dem Wasser gezogen, die Schlafsäcke ausgerollt und das Teewasser kochte auch schon.

Schnell wurde es dunkel. Beim Abendessen musste man schon aufpassen, dass man sich nicht in die Finger biss. Sterne funkelten durch das Geäst, die Luft war warm, so dass man noch im T-Shirt sitzen konnte.

Dorothee stand auf, um mal hinter den Damm zu schauen. „Kommt mal her das müsst ihr unbedingt sehen!" Hinter der schwarzen Silhouette eines Dorfes ging ein riesiger Vollmond auf, Wolkenstreifen am Himmel leuchteten silbern. So hatten wir, am Ende eines Tages, noch ein romantisches „Kinoerlebnis." Und ich habe mich geärgert, dass ich meine Fotoausrüstung zu Hause gelassen habe.

Nun wurde es auch frisch und wir zogen uns in unsere Schlafsäcke zurück. Erschöpft schliefen wir auch bald ein und schon begann ein neuer Tag mit Vogelgezwitscher und Wassergeplätscher, letzteres ebenfalls von Vögeln hervorgerufen. Für uns begann die Morgenroutine mit Schlafzeug verstauen, waschen am Fluss, Tee kochen und frühstücken.

Als wir sahen was Dorothee schon am frühen Morgen verputzte, stellten wir erschüttert fest, dass unsere Vorräte „so" nicht reichen würden.

Also schnell das Boot beladen und weiter ging es flussabwärts.

Nach Raguhn

Wir ließen uns treiben und genossen den Fluss, das Wetter, die Aussicht und Dorothee genoss ganz besonders unsere Vorräte. Für uns stand fest: Supermarkt wir kommen, wir brauchen Steaks und Bier und Zigaretten. Allerdings konnten wir erstere nicht grillen und letztere braucht sowieso keiner. Also beschränkten wir uns auf das Zweite und dazu Wurst und Brot und Käse.

Der Fluss änderte sich fortwährend: mal breit, tief und träge, mal strömte er klar über Kiesbänke. Irgendwann hörten wir in der Ferne ein Rauschen. Was soll das denn sein? In den Karten waren keine Wehre eingezeichnet und wo zum Teufel sollten hier denn Wasserfälle herkommen. Wir machten uns auf alle Eventualitäten gefasst, aber es war nur ein Muldezufluss, der über eine Schräge in den Fluss rauschte.

Dann kamen wir an eine Kaimauer, so richtig mit Treppe und wir fragten uns, wann hier jemals Dampfer gefahren sind. Auf jeden Fall machten wir „Orangerotes Gummiboot" nach allen Seemannsregeln fest und gingen erst einmal ein Bein heben.

Und weiter ging es. Raguhn kam in Sicht und wir mussten nach einem Festmacher suchen, um erst einkaufen zu gehen und dann das Wehr zu Umtragen. Am Raguhner Ruderklub fanden wir einen geeigneten Steg und wir konnten im nächsten Supermarkt Vorräte und Trinkwasser bunkern. Und da wir schon mal hier waren gingen wir auch gleich noch essen.

Gestärkt umtrugen wir unter den misstrauischen Blicken der Eingeborenen das Wehr. Danach hatte es sich schon wieder mit dem Gestärkt sein.

Schnaddel

Hinter dem Wehr war der Fluss schmal und tief und schnell. Im Eiltempo ging es hinaus aus Raguhn. In den Bäumen am Ufer hingen Überbleibsel der letzten Hochwasser. Bis in drei Meter Höhe! Hinter der Mündung des Spittelwassers hatte sich das Wasser und wir wieder beruhigt und es gab erst einmal Windbeutel. Komischerweise hat man an der frischen Luft immer Hunger. Außer Dorothee, die hat auch ohne frische Luft immer Hunger.

Plötzlich ein schabendes Geräusch! Wir waren auf eine Sandbank gelaufen. Der Lotse hat gepennt. Die Mulde war jetzt breit und sehr flach, überall schauten Kiesbänke aus dem Wasser. Dazwischen schlängelten sich schiffbare und nicht schiffbare Flussarme. Also Rückwärtsgang und einen neuen Versuch. Versuch gescheitert. Es half nur noch Schuhe aus und treideln. Aber erst machten wir „Orangerotes Gummiboot" fest und gingen auf Erkundung.

In einer Bucht sahen wir sie dann. Hilflos trieb sie auf der Seite. Schlamm verschmierte ihre Flügel. Traurig blickten ihre schwarzen Augen. Für uns stand fest: wir müssen sie retten! Ich hob sie auf und quetschte sie zusammen. Flüssigkeit schoss in einem Strahl aus ihrem Loch. Dorothee schrubbte sie sauber und sie erstrahlte wieder in sattem quietscheentchengelb, unser Quietscheentchen. Wir tauften sie auf den Namen Schnaddel.

Dann banden wir ihr einen Strick um den Hals und hängten sie ans Boot. Ab jetzt war Schnaddel unser Maskottchen.

In den Stromschnellen

Nachdem wir dieses Labyrinth mit kalten Füßen hinter uns gelassen hatten, kamen wir in ein anderes Extrem. Die vielen Rinnsale vereinigten sich zu einem schnellfließenden Kanal. Rauschend und schäumend schoss das Wasser über umgestürzte Baumstämme und große Steine. Wir hielten an um die Lage zu sondieren. Wir wollten ja nicht unser Boot aufs Spiel setzen, von unserer Gesundheit mal ganz abgesehen. Wie die Wildwasserprofis planten wir unsere Route durch die erste Stromschnelle, sprachen über Schwallwasser, Walzen und Düsen und machten uns auf unsere gefährliche Reise. Für Henry und mich hieß es jetzt es paddeln, paddeln, paddeln! Wir mussten schneller sein als die Strömung, damit unser „Orangerotes Gummiboot" lenkbar blieb. Dorothee kniete mit einer Stange am Bug und lotste uns um Steine und Stämme. Wir schrien uns an und arbeiteten wie die Tiere, dann waren wir durch. Unser Boot schwamm wieder in ruhigen Gewässern. Uff! Schwitz! Dabei war das noch nicht die schlimmste Stromschnelle unserer Reise.

Und ab in den nächsten Katarakt. Diesmal lief es schon besser. Langsam lernten wir das Wasser zu lesen. Bei den nächsten Turbulenzen war schon alles Routine und wir konnten unsere Fahrt wieder in Ruhe genießen.

Plötzlich sah es aus als wäre der Fluss zu Ende. Das Ufer war heruntergebrochen, riesige Bäume lagen und standen im Wasser. Es sah schon spannend aus. Doch als wir näher kamen sahen wir das die Mulde einen nahezu rechtwinkligen Knick machte. Danach strömte das Wasser wieder breit und ruhig zwischen steilen Ufern dahin.

Die Hopi-Indianer

An manchen Stellen sahen die Uferwände aus wie Schweizer Käse, Uferschwalben und Eisvögel hatten hier ihre Nester. Still fuhren wir weiter, wir wollten ja nicht stören. Schwäne schwammen vor uns her. Und wir bekamen, na was schon: Hunger. Es war ja schon später Nachmittag. Wir legten an einer umgestürzten völlig verwitterten Eiche an. Der Stamm maß bestimmt einen Meter im Durchmesser. Von weiten sah es so aus als würde ein Drache am Ufer liegen und über den Fluss schauen.

Wir packten aus und schmierten uns ein paar Brote, jemand aus unserer Runde ein paar mehr. Dann gründeten wir spontan den Stamm der Hopi-Indianer und entsicherten einige Hopi-halidos (Holsten-Pilsner-halb-Liter-Dosen) und stießen auf die durchgestandenen Gefahren und auf den gelungenen Tag an.

Langsam wurde die Sonne im Westen rot. Zeit, sich auf die Suche nach einem geeigneten Nachtlager zu machen

Auf der Suche

Die Nachtlagersuche erwies sich als gar nicht so einfach, da der Fluss immer noch zwischen Steilufern dahinfloss. Dann hatten wir eine Stelle entdeckt, wo man ankern konnte und wo das Gelände sich auch zum Schlafen eignete. Leider mussten wir das Feld schnellstens räumen, da wir, kaum angekommen, sofort von Zecken überfallen wurden. Also weiterfahren.

Ein Stück stromabwärts sahen wir wieder einen erfolgversprechenden Platz. Unter einem Baum, mit Blick über den Fluss und mit eigenem Hafen. Allerdings sah es nur von Weitem so toll aus. Zu allem Unglück versank Dorothee noch bis über den Knöchel im Morast und war fortan nicht mehr zu genießen. Henry und ich überlegten schon ob wir sie nicht kielhohlen sollten.

Sandbank

Nach einigen erfolglosen Stopps fanden wir eine Schöne ebene Sandbank und beschlossen, hier zu bleiben. Wir zogen das Boot aufs Trockene und setzten Teewasser auf. In der Zwischenzeit ernteten wir eine Menge Riedgras und schütteten uns ein schönes, kuscheliges Nachtlager auf.

Nach dem Abendessen noch ein paar Geschichten erzählt und in die Schlafsäcke gekrochen. Irgendwie konnte keiner mehr so richtig die Augen offenhalten. Ja, ja, die frische Luft.

Biber und Eisvögel

Am nächsten Morgen hatte sich der Himmel bezogen. Gerade als wir unser Frühstück beendet hatten und alles im Boot verstaut hatten fing es auch schon an zu regnen. Glücklicherweise hatten wir alle Regensachen mit.

So starteten wir unsere letzte Etappe. Unter der Autobahnbrücke hindurch Richtung Dessau. Die Mulde floss jetzt durch Auwälder. Viele Bäume waren unten angenagt oder schon gefällt. Hier waren Biber am Werke. Wir machten uns keine Hoffnung einen dieser scheuen Tiere zu sehen, aber plötzlich kam etwas über den Fluss geschwommen. Ein Biber! Als er uns bemerkte schlug er mit seiner Kelle aufs Wasser und war verschwunden.

Andere Bewohner der Muldeaue waren Eisvögel: wie Saphire flogen sie manchmal über den Fluss. Wenn man das gesehen hat weiß man warum man diese kleinen Fischräuber fliegende Edelsteine nennt.

Ende

Auch auf unserer letzten Etappe trafen wir auf Stromschnellen. Jetzt durchfuhren wir sie begeistert, nichts erinnerte mehr an unsere Furcht vor der ersten Durchfahrt am Vortag.

Allerdings gab es nun andere Problemchen. Der Fluss teilte sich nämlich in mehrere Arme. Welchen sollen wir nehmen, welchen nicht? Schließlich wollten wir zu unserem Auto und nicht nach Waldersee oder wo auch immer die Flussarme hinführten.

Aber wir haben uns für den Richtigen entschieden und Dessau kam in Sicht....

Underground

Von Tino Sachse

Auf der Suche

8.Januar 1990, 23:00 Uhr

Eine dunkle, kalte Januarnacht, Schneereste tauten in einem kalten Nieselregen. Nebelschwaden krochen durch die Straßen. Perfektes Wetter für das abenteuerliche Unterfangen, dass heute auf dem Plan stand. In einem kleinen Dorf im Kreis Köthen, Bezirk Halle, DDR verstauen drei dunkel gekleidete Männer, nennen wir sie Wertz, Stoni und Bodo, ihre Ausrüstung in einem blauen Trabant. Viel war es nicht was sie brauchten, lediglich einige Messgeräte, Taschenlampen und für jeden ein Messer. Los ging es zu einem kleinen Waldstück zwischen K., W. und M.. Sie waren einem Geheimnis auf der Spur.

8.Januar 1990, 23:10 Uhr

Der Trabant rumpelte über einen Waldweg. Dort unter dem Gebüsch, ein ideales Versteck! Noch ein paar Äste über das Auto, dann erst einmal lauschen und beobachten. Schließlich war in der Nähe ein bewachtes Objekt der Stasi. Man konnte ja nie wissen. Doch alles war still und die Nacht verschluckte die Drei.

9.Januar 1990, 0:20 Uhr

Es wurde langsam ungemütlich in der Ackerfurche, unter dem Holunderstrauch. Seit einer dreiviertel Stunde tat sich nichts auf dem Wachturm hinter dem Zaun. Anscheinend (und hoffentlich) wurden keine Wachen mehr eingesetzt. Ein letztes Überlegen; tun oder nicht tun, hin oder weg. Die Drei entschieden sich für hin und tun.

Wie Schatten huschten sie zum Tor. Verschlossen, natürlich. Also, drüber klettern. Binnen Sekunden lagen alle drei wieder unter den Büschen. Diesmal auf der anderen Seite des Zaunes. Wieder abwarten und beobachten. Jetzt war es richtig gefährlich. Jetzt waren sie im Indianerland. Mit jeder falschen Bewegung riskierte man eine Festnahme oder schlimmeres. Keiner wusste, ob nicht irgendwelche Fallen installiert waren oder ob nicht im nächsten Moment irgendein Hund aus den Büschen brach. Aber nichts geschah. Zuerst nahmen sie den Wachturm unter die Lupe. Auf dem Weg dorthin lag noch Schnee. Ohne Fußspuren. Also war hier schon lange keiner mehr langgegangen. Wie beruhigend.

In der Kanzel des Turmes lagen zerrissene Pornohefte. Die Drei fragten sich, wo die Stasi solch westlich-dekadente Schundliteratur herhatte.

9.Januar 1990, 0:50 Uhr

Seit einer halben Stunde waren sie jetzt unterwegs. Fuß vor Fuß setzend, Augen Ohren und Mund weit aufgesperrt, um nichts unbemerkt zu lassen. Nur nicht den Blick einfrieren lassen. Wenn man im Dunkeln immer in eine Richtung starrt, bekommt man einen Tunnelblick und sieht, unter Umständen, Dinge die gar nicht existieren. Hin und wieder wurde den Augen mit den Händen nachgeholfen. Die drei verloren jedes Zeitgefühl, sie hatten keine Ahnung, welchen Weg sie schon zurückgelegt hatten. Dann, plötzlich, wieder ein Zaun. War das jetzt das andere Ende des geheimnisvollen Geländes, waren sie an allem Interessanten vorbeigegangen?

Was hatten sie erwartet?

Intermezzo

Ende der Sechziger, Anfang der Siebziger wurde plötzlich ein großes Gelände zwischen drei Dörfern eingezäunt und streng bewacht. Wochenlang fuhren LKW Sand und Erde heraus. Später wurde wochenlang Beton hereingefahren. Kein Mensch wusste genau was da gebaut wurde und so kochte und brodelte die Gerüchteküche. Am allerwahrscheinlichsten war ein Bunker für die Bezirksobersten. Irgendwann hatten sich die Leute daran gewöhnt, dass man dort nicht mehr spazieren gehen und im Winter rodeln konnte. Und auf die Frage, was dort denn sei bekam man die Antwort: „Keine Ahnung, aber da muss wohl die Stasi drin sein."

Nach dem Mauerfall wollten Bodo, Wertz und Stoni genau wissen, was es nun mit dem Sperrgebiet auf sich hat. Es wusste auch keiner, ob jetzt, so kurz nach dem Mauerfall dort noch jemand stationiert ist. Also, nachschauen. Erst einmal tagsüber.

Das eingezäunte Gelände war etwa einen Kilometer lang und fünf bis sechshundert Meter breit. Es bestand aus einem dicht bewaldeten Hügel, einer kleinen Obstplantage, einem Wohnhaus mit Tiefgarage und einigem Nebengelass. In der Plantage standen noch zwei Gewächshäuser. Mehr konnte man von außen nicht sehen. Im Haus musste noch jemand wohnen, es stand öfters ein roter Lada in der Einfahrt und ein oder zwei Hunde waren zu hören. Aber die schienen sich nur in der extra eingezäunten Plantage aufzuhalten. Sonst war nichts zu sehen und zu hören. Gleich nebenan war eine alte, offengelassene Kiesgrube. Was war nun das Geheimnis an diesem Ort? Warum riegelt man so ein idyllisches Stückchen Erde so hermetisch ab? Um das herauszufinden musste man hinein. Und zwar nachts. Wegen dem Nervenkitzel. Schließlich hatte man ja einige Bücher von Hayes gelesen, hatte einige, zum Teil lebensgefährliche Nachttrainings hinter sich und war so gefährlich, dass man vor sich selber Angst hatte.

Also, Termin ausmachen und los!

9.Januar 1990, 1:00 Uhr

Nach kurzer Beobachtung und Absprache sprangen sie über den nächsten Zaun. Entweder fanden sie noch etwas, wurden verhaftet oder sie waren auf der anderen Seite des Geländes wieder herausgeklettert.

Aber sie waren noch drin und es wurde auch interessant:

Rechts vom Weg konnte man quaderförmige Gebilde mit rechteckigen Löchern sehen. Vorsichtig schlich Bodo näher. Nach einer Weile: Entwarnung! Es waren nur Hundehütten aus Beton. Sie rochen aber kaum noch nach Hund, mussten demnach schon eine Zeit lang nicht mehr genutzt worden sein. Umso besser für die Drei. Es waren ungefähr acht bis zehn solcher Unterkünfte. Wer weiß wie viele Hunde, mit Appetit auf Menschenhintern, dort früher wohnten?

Weiter! Mitten auf dem Weg eine Klappe, von Laub und Schnee fast verborgen. Herzklopfen! Das ist er, der Zugang zum vermuteten Bunker, das musste er einfach sein! Das einfache Schloss war kein Problem. Nach einem Meter war der Boden erreicht. Dicke Rohre endeten in dem viereckigen Schacht. Das war ja wohl die Kanalisation.

Ein Stück weiter stand auf einem betonierten Hügel so etwas wie ein großer Pilz aus Stahl, etwa eineinhalb Meter hoch, der halbkugelige Hut mit seltsamen Auswüchsen und Antennen bestückt. Es schien ein Sensor zu sein. Nur wofür? Radioaktivität? Dieses sprach dafür, dass sich hier wirklich ein Atombunker für die ehemaligen Parteibonzen befinden musste. Kurz neben dem Pilz stand eine Funkantenne.

Gegenüber war ein Weg zu erahnen. Er endete am Fuße eines Hügels vor zwei nebeneinanderliegenden, niedrigen, unverschlossenen Stahltüren. Dahinter waren je ein etwa zehn Meter langer Tunnel. Beide leer. Wurden hier vielleicht Luftabwehrraketen gelagert?

Ein Stück weiter schien noch ein Hügel zu sein. In dessen Schutz wollten die Drei erst einmal Rasten. Doch eine Klappe in halber Höhe weckte die Neugier und die war stärker als die Erschöpfung.

Unter der Klappe führte ein Schacht einige Meter in die Tiefe. An der einer Seite waren Steigeisen in den Beton eingelassen. Unten befand sich eine Luke mit zwei großen Hebeln. Jetzt schlug Ollis Stunde. Er rückte der Tür mit seinen Messgeräten zu Leibe. Er fand aber nichts Spannungsführendes, dass auf eine aktive Alarmanlage hinwies. Vorsichtig wurden die Verriegelungen betätigt und die Tür schwang auf.

Die Drei fanden sich in einem völlig leeren Raum, etwa dreißig Quadratmeter groß. Auf der gegenüberliegenden Seite der Einstiegsluke war ein Stahltor, in der Luft hing ein Geruch nach Schmieröl und Diesel. Reifenspuren und Ölflecken auf dem Betonfußboden brachten Gewissheit: sie standen in einer Garage. Wieder nichts mit einem Bunker.

Resigniert stiegen Stoni, Bodo und Wertz zurück an die Oberfläche. An der Vorderseite des Hügels führte eine Zufahrt zu dem Garagentor.

Das nächste Ziel war ein größeres Gebäude das slch gegen den dunklen Himmel abzeichnete. Von hier konnte man sehen, dass im nahegelegenen Wohnhaus noch Licht brannte. Das war wieder ein Appell an die Wachsamkeit. Bis jetzt war ja alles glattgegangen, aber es konnte ja sein, dass gleich eine Streife aus dem erleuchteten Haus kommen würde und sie die Flucht ergreifen mussten.

Am Ziel angekommen, wurde erst einmal die Lage erkundet. In der oberen Etage waren nur leere Räume, wie man durch die Fenster erkennen konnte. Aber für die Drei war nur der Keller interessant und der war verschlossen. Nach kurzer Zeit war das Schloss offen und im

Inneren wartete die nächste Enttäuschung. Es fanden sich nur ein Umkleideraum, Duschen und ein Heizraum nebst Kohlenkeller.

Das nächste Haus war ein Lagerraum, ebenfalls leer. Bodo entdeckte ein winziges Fenster, halb unter der Erde. Es stand offen. Unten standen nur ein paar Obsthorden, mit wenigen schrumpeligen Äpfeln und Birnen. Wieder Fehlanzeige. Die Drei gaben auf. Hier gab es keinen Bunker, oder er war so gut versteckt, dass sie ihn nicht fanden, oder er war in der Obstplantage und dort konnten sie nicht hin, ohne vom Hund gestellt zu werden, der sich jetzt meldete.

Der Rückweg war bekannt und schnell zurückgelegt. Der Trabant stand noch an Ort und Stelle. Die Anspannung löste sich.

Die Aktion endete am 9.Januar 1990, gegen 3,00 Uhr erfolglos.

Der Bunker

Der Bunker existierte wirklich. Im Sommer 1990 zog die Stasi endgültig aus und das Gelände wurde frei zugänglich.

Und es kamen Menschen über Menschen! Und alle klauten und demolierten was das Zeug hielt. Ohne Sinn. Ohne Verstand. Arme Welt.

Der Eingang war gut versteckt. Hinter dem Wohnhaus in der Obstplantage waren die Gewächshäuser zur Seite geschoben worden. Darunter waren breite Treppen, die in die Tiefe führten. Im Notfall konnten diese durch riesige Stahl-betonplatten abgedeckt werden, die mittels Winden über die Treppenschächte gezogen werden konnten.

Durch die erste Stahltür gelangte man in eine Schleusenkammer mit Dekontaminationsduschen und einer Luftfilteranlage. Im anschließenden Raum waren vermutlich Schutzanzüge aufgehängt. Durch eine zweite Stahltür gelangte man in die eigentliche Bunkeranlage: ein langer Gang, auf dessen einer Seite Türen zu langen schmalen Räumen führten. Einige waren als Schlafräume, andere als Schulungsräume und wieder andere als Büros eingerichtet waren. In einem Zimmer war eine riesige Schalttafel installiert, die offensichtlich dazu diente Telefonleitungen abzuhören. Dann gab es noch einen Batterieraum mit Kolonnen von Bleiakkus.

Von einem Zimmer führte eine Stahltür in die Luftaufbereitungsanlage, eine Flucht von mehreren Räumen, die mit Filtern und Aggregaten ausgestattet waren. Bemerkenswert war ein Notantrieb, der mit einem Fahrrad angetrieben wurde.

Am Ende des Hauptganges befand sich eine Toilettenanlage mit mehreren Boxen (der Koch hatte seine eigene). Zum Schluss kam man dann in die Wasseraufbereitungsanlage.

Gegenüber den Zimmertüren waren am Anfang und am Ende des Ganges jeweils eine Stahltür, die zu einem Gang führten, der spiegelbildlich zum Ersten war. Von dort kam man durch eine zweite Luftschleuse wieder zum Eingangsportal. Hinter einer weiteren Stahltür befand sich ein schmaler Tunnel, durch den man zu einem Kellerkomplex unter dem Haupthaus gelangte. Über mehrere Treppen konnte man auch hier die Bunkeranlage verlassen.

Nach unten

Ein Novemberabend im Jahr 1993, ein Novemberabend wie er sonst nur in einem Krimi von Edgar Wallace vorkommt: kalt und nebelig, dass man kaum zwanzig Meter weit sehen könnte, wenn es nicht so dunkel wäre.

Fünf Autos biegen von der Straße ab und halten auf einer Wiese. Schwarz vermummte Gestalten springen heraus und verschwinden im nahe gelegenen Wald. Keiner trug irgendeine Ausrüstung.

Stille.

Im Wald versammeln sich die Schwarzen zu einem kurzen Briefing. Der Anführer stellt klar, dass das heutige Unternehmen nicht ungefährlich ist und sich am Rande der Legalität bewegt. Wichtig ist, dass absolute Ruhe herrscht und den Anweisungen der Anführer unbedingt nachzukommen ist, da sonst schwere Unfälle passieren können. Der Bunker verzeiht keine Fehler.

Lautlos, mit einem Zweig zwischen den Zähnen, bewegen sich die Schwarzen am Waldrand entlang. Teilweise halten sie sich am Gürtel des Vordermannes fest um den Weg nicht zu verlieren.

Halt! Deckung! Die Schwarzen verschwinden in einem Graben neben dem Weg. Der Anführer unterhält sich flüsternd mit zwei anderen. Dann huschen sie über den Weg und verschwinden auf der anderen Seite hangaufwärts.

Nach einer Weile kommen zwei zurück zu den Wartenden. „Du, du und du, ihr geht gerade über den Weg und ein Stück den Berg hinauf. Ihr findet dort einen Zaun und den Anführer. Der wird euch mehr sagen."

Die Genannten stoßen vor zum Anführer. „Dort müssen wir durch." Er weist auf den Zaun, der oben von Stacheldraht gekrönt wird. Die drei Hinzugekommen blicken sehr erstaunt und verwirrt um sich. „Das meinst du doch nicht wirklich? Und wenn die uns schnappen?"

„Die schnappen uns nicht. Da kommt nur ein paar Mal in der Nacht der Wachdienst vorbei, und wenn wir uns richtig verhalten merkt keiner etwas," sagt der Anführer aufmunternd. „Du und du, ihr versucht euch am Zaun und du holst die anderen."

Sie fangen an den Maschendraht aufzurödeln. Kaum ist das erledigt kommen Einer nach dem Anderen den Hang hinauf gerobbt und tauchen durch das Loch im Zaun, dass die anderen Beiden offenhalten. Der Anführer wartet schon im Unterholz auf der anderen Seite.

Die Schwarzen versammeln sich, um neue Anweisungen zu erhalten: „Ihr rückt einzeln, im Abstand von einer halben Minute in diese Richtung vor, bis ihr auf einen Weg stoßt. Dort versteckt ihr euch und wartet auf mein Zeichen zum Sammeln. Und, seid vorsichtig, hier gibt es tiefe Löcher und Gräben."

Nach und nach verschwinden die Schwarzen nahezu lautlos im urwaldartigen Dickicht.

Auf der anderen Seite werden zwei Leute zum Kundschaften ausgeschickt.

Nachdem die Kundschafter zurückgekehrt sind und meldeten, dass alles ruhig ist, geht es weiter an einer unterirdischen Garage vorbei bis zu einem halb verfallenen Haus. Dahinter befindet sich eine verwilderte Obstplantage.

„So, jetzt wird es richtig gefährlich", meint der Anführer. „Hier gibt es offene, metertiefe Schächte. Bleibt dicht zusammen und folgt mir!"

Langsam, nach allen Seiten spähend, dringen die Schwarzen in die Plantage ein.

Unter einem Strauch liegt eine dicke quadratische Betonplatte, daneben gähnt ein betongefasstes Loch im Erdboden. Hier bleibt der Anführer stehen: „Wir sind angekommen, dort müssen wir runter."

Die Anderen tauschen unbehagliche Blicke. Der Anführer holt eine kleine Lampe hervor und leuchtet in den Schacht. An einer Seite führen Sprossen in die Tiefe, auf der Sohle steht etwas, was aussieht wie eine Pumpe, daneben kann man eine Schwarze Öffnung erkennen.

„Ich gehe als Erster und leuchte, ihr kommt vorsichtig nach. Wer angekommen ist, kriecht durch die Luke dort unten und wartet."

Die Schwarzen finden sich in einem langen, schmalen Raum wieder, der mit seltsamen Apparaturen und einem riesigen Stahltank vollgestellt ist. In der einen Wand können sie, im spärlichen Licht der einen Taschenlampe, eine breite Tür ausmachen.

Hinter der Tür liegt ein langer Gang. Auf dessen einer Seite sind weitere Türen, die in lange schmale Räume führen. In fast allen liegt zerstörtes Mobiliar.

In einem, in dem nicht so viel Unrat lag versammeln sich die Schwarzen...

„Hier werden wir erst einmal rasten," sagt der Anführer. „Setzt euch hin, seid still und lasst die Dunkelheit auf euch wirken." Damit schaltet er die Lampe aus. Die kleine unterirdische Welt versinkt wieder in absoluter Schwärze.

Nach einer Weile haben die Eindringlinge jegliches Zeitgefühl verloren. Die Dunkelheit gaukelt den Leuten seltsame Bilder vor. Plötzlich vernehmen sie ein Schaben und Kratzen. „Habt ihr das auch gehört", fragt einer. Zustimmendes murmeln. Stille. Dann wieder! Diesmal knurren und schmatzen.

„Ich habe Angst", flüstert einer. „Ich auch", ein anderer.

Auf einmal ertönt ein unheimliches langgezogenes Geräusch! Ein Schrei, so fremdartig, das den Anwesenden das Blut in den Adern stockte.

„Vielleicht sollten wir hier verschwinden", meint der Anführer.

„Ja, aber nicht dort lang, wo wir reingekommen sind." Die Meinung ist einstimmig. Von dort kommen die Geräusche.

„Gut", sagt der Anführer. „Ich glaube hier gibt es noch einen anderen Ausgang. Folgt mir!"

Die Schwarzen gehen durch den langen Gang und eine Luftschleuse, bis sie in das Bunkerportal kommen. Hier müssten sie feststellen, dass beide Ausgänge zugeschüttet und vermauert sind.

Zurück? Nein! Dort ist noch eine Stahltür, dahinter ein schmaler langer Tunnel.

Einzeln hasten die Leute hindurch. Der Tunnel endet in einem Kellerraum. Der letzte wirft die Tür hinter sich zu und verriegelt sie mit beiden Hebeln hermetisch.

Langsam kommen sie wieder zu Atem und beruhigen sich etwas.

Was konnten das für Geräusche gewesen sein, die sie so erschreckt hatten? Keiner wusste es. Keiner hat schon irgendwann einmal Ähnliches gehört.

Die Schwarzen sehen sich in dem Keller um. Außer der Stahltür gibt es noch zwei weitere Türen, die in entgegengesetzte Richtungen führen. Ansonsten ist der Raum leer. An den Wänden allerdings sind seltsame Zeichen zu sehen: ein Pentagramm, kopfstehende Kreuze und die Nummer des Tieres.

Irgendetwas ist hier ganz und gar nicht geheuer.

„Wir müssen hier raus" Der Anführer wendet sich der einen Tür zu. Dahinter befindet sich ein dreckiger Flur, die Decke rußig. Ein Nebenraum ist völlig ausgebrannt. Eine Schlinge hängt im Eingang.

„Wir müssen zurück, hier geht es nicht weiter."

Hinter der anderen Tür befindet sich ein kleiner Raum, eine Art Flur. Auf dessen einer Seite geht es in ein kleines Zimmer, auf der anderen scheint, am Ende eines kurzen Ganges, eine Treppe zu sein.

Der Anführer leuchtet in das kleine Zimmer. „Ach du Scheiße!" Er würgt. „Alles raus hier, aber schnell!"

Mit diesen Worten stürmt er an den anderen vorbei. Keiner weiß so richtig wie, aber plötzlich stehen sie im Freien. Kühle Nachtluft trocknet den Angstschweiß. Alle zittern.

„Was war eigentlich los, ich konnte gar nichts richtig erkennen?"

„Bist du bescheuert, einfach mit der Lampe wegzurennen?"

Solche und andere Bemerkungen muss sich der Anführer anhören.

„Ich weiß auch nicht", meint er. „Aber ich glaube in dem kleinen Zimmer liegt eine Leiche."

„Du spinnst doch! Ich habe nichts gesehen."

„Wenn ihr es nicht glaubt, können wir ja noch mal runtergehen."

Den Schwarzen fällt die Entscheidung nicht leicht. Letztlich will dann doch jeder sehen was dort unten ist.

Vorsichtig schleichen sie sich wieder hinunter und versammeln sich vor dem unheimlichen Raum. Der Anführer atmet tief durch und leuchtet hinein. Bange Blicke folgen dem Strahl der Taschenlampe. Und dann sehen es alle:

Die Wände sind mit Blut bespritzt. Auf dem Boden liegt ein grausam aussehendes Gerät mit langen, spitzen Zinken. Eine Pritsche steht neben der Tür, darauf ein Körper, eine alte Decke ist über ihn geworfen. Unten schaut ein Fuß hervor. In einer Ecke steht ein großer Topf. Als der Lichtstrahl dort hineinstreicht, werden die Leute vom Grauen geschüttelt. In dem Gefäß liegt ein Kopf und schaut mit blicklosen trüben Augen heraus.

Das ist zu viel. Die Schwarzen fliehen ins Freie.

Oben wird eine Krisensitzung einberufen. Was sollen sie tun? Wie sollen sie mit dem grausamen Fund umgehen? Klar ist, die Polizei muss gerufen werden. Dazu müssen sie zurück zu den Autos. Aber nicht durch den Wald, unter gar keinen Umständen!

Die drei Kilometer Umweg werden fast schweigend zurückgelegt. Jeder hängt seinen Gedanken nach.

An den Autos angelangt, wird beschlossen sich im nächsten Ort an der Telefonzelle zu treffen. Der Anführer soll die Polizei verständigen.

Das Telefon im Ort ist auch intakt. Der Anführer steigt mit noch jemandem aus dem Auto. Sie heben den Hörer ab, warten eine Weile und hängen dann wieder auf. Grinsend verlassen sie die Zelle und einer sagt einige Worte, die fast wirklich zwei Tote zur Folge haben.

Die Auflösung

„Wir haben euch so was von verarscht," sagte Axel. Stoni, der „Anführer" bog sich vor Lachen. Die Anderen waren anfangs nicht begeistert. Ihre Minen spiegelten finstere Gedanken wieder, die wahrscheinlich von heißem Teer und vielen Federn handelten.

Nach dem sich alle unflätig zu dem Vergangenem geäußert hatten, fiel die Anspannung von ihnen ab und sie fingen auch an zu lachen. Dann wollten sie wissen was es mit der Leiche und den anderen seltsamen Dingen auf sich hatte:

Es sollte mal wieder etwas ganz Besonderes werden (was auch sonst). Ein Nachttraining und so richtig gemein, etwas wovon alle die mitmachen noch Jahre später sprechen. Der Bunker bot sich da natürlich an. Das richtige Gelände, der richtige Nervenkitzel und richtig viel Platz für Dummheiten.

Bei der Erkundung fiel auf, dass von dem Zaun, der früher das Gebiet begrenzte, nur noch zwei Felder standen. Also konnte man auch diese ungestraft kaputtmachen. Ein großer markant gegabelter Baum markierte die Stelle. Das war wichtig um das Stückchen Zaun auch im Dunkeln wiederzufinden. Aber, selbst das fiel uns bei dem Nebel und der Dunkelheit, die beim Spiel herrschten schwer.

Beim Bunker stellten wir fest, dass die Eingangsportale zugeschüttet waren, ebenso die Luftschächte. Nur die beiden Treppen unter dem Haupthaus waren noch offen und ein Schacht, ganz hinten bei der Wasseraufbereitung. Den hatten sie offensichtlich vergessen. Wie gut für uns. Dort würden wir einsteigen.

Nun ergab sich das erste Problem: Wie verhindern wir das die Leute dort auch wieder hinauswollen?

Die Lösung war ein alter Kassettenrekorder. Auf dessen Band war auf den ersten 20 Minuten nichts, dann kamen Alltagsgeräusche und Katzengejammer. Allerdings total übersteuert. Der Rekorder kam dann in den großen Tank in der Wasseraufbereitung. Der letzte von uns Eingeweihten, der dort vorbeigeht, sollte ihn dann einschalten.

Während der Aktion war das dann auch ein voller Erfolg. Soll heißen, die ersten Hosen waren bei diesen Horrortönen auch schon voll. Als Hämmer, ein Mitwisser, aus Spaß „Ich habe Angst" sagte, war die Antwort: „Ich auch" durchaus ernst gemeint. Und es wollte dann auch wirklich keiner mehr zurück.

Das zweite Problem war, dass es im Keller unter dem Haus zwei Ausgänge gab, es aber zwingend notwendig war, dass alle durch den Einen gingen. Aber durch die okkulten Zeichen im Hauptraum, dem ausgebrannten Zimmer, dem Henkersstrick im Korridor und, natürlich, durch die Angst die allen noch in den Gliedern steckte, wollte keiner woanders hin als der „Anführer" und die große Masse.

Die okkulten Zeichen waren übrigens mit Kunstblut gemalt. Hier das Rezept:

Man nehme heißes Wasser, Soßenbinder oder Stärke, dazu Kakaopulver und viel rote Lebensmittelfarbe (Rote Beete Saft geht auch, bleicht aber schneller aus und schmeckt nicht so gut). Das ganze schön verrühren, fertig. Man sollte aber aufpassen, dass das Ganze schön sämig wird.

Pizzateig mit dieser Soße ergibt ein erstklassiges, filmtaugliches Kunstgedärm.

Jetzt kommt die Leiche. Der Körper war recht einfach herzustellen. Wir haben einfach Lumpen auf einer vorhandenen Pritsche kunstgerecht drapiert und eine alte Decke darübergelegt. Unten noch einen gefundenen Schuh rausgucken lassen. Fertig.

Der abgetrennte Kopf war da schon etwas komplizierter. Eigentlich war es nur ein Gipsabdruck von Stonis Gesicht, an das noch das Hinterhaupt modelliert wurde. Die Feinheiten, wie zum Beispiel die Ohren und die Hautstrukturen wurden aus transparentem Silikon gefertigt. Interessant waren die Augen. Diese wurden aus einer Zeitschrift ausgeschnitten und auf einen Plastikkaffeelöffel geklebt und mit Klarsichtfolie überzogen. Es waren übrigens die Augen von Claudia Schiffer. Das Ganze kam, dann in den Gipskopf. Die Augenlieder wurden auch aus Silikon modelliert. Wimpern, Brauen und Bart waren aus Pinselborsten, die Haare aus Hanf.

Der Vorteil an Silikon ist, dass es hautähnlich aussieht und sich auch so schminken lässt.

Das Resultat konnte sich sehen lassen und verfehlte seine Wirkung nicht. Auch die letzten harten Burschen der Nachttrainingsgruppe bekamen bei dem Anblick weiche Knie.

Aber letztlich kann man sagen:

Ein sehr gelungenes Spiel und sehr spaßig. Zumindest für die Eingeweihten.